LOGICAL BOOK

Enquête à la SHERLOCK HOLMES

Auteure
Valérie Cluzel

LAROUSSE

Direction du département Dictionnaires et Encyclopédies
Carine Girac-Marinier

Édition
Nadine Martrès

Direction artistique
Uli Meindl

Conception graphique
Sophie Rivoire

Mise en pages
SKGD-Création

Lecture-correction
Catherine Decayeux

Fabrication
Marlène Delbeken

Illustrations
© Shutterstock.com

21, rue du Montparnasse 75283 Paris Cedex 06

ISBN 978-2-03-599288-8

Avant-propos

Cet ouvrage vous propose de prendre part à votre prochaine enquête en incarnant le docteur John Watson, colocataire et ami le plus proche du célèbre détective Sherlock Holmes.

Sherlock aide parfois la police, mais il est avant tout un détective privé consultant. Ensemble, vous avez déjà résolu nombre d'enquêtes et les nouveaux clients ne cessent de venir frapper à la porte du 221B Baker Street.

Sherlock compte sur vous pour l'aider à résoudre cette nouvelle et passionnante enquête au cœur d'Oxford et du Londres de la fin du XIXe siècle !

Tower Bridge

Comment utiliser ce livre?

Cette enquête, sous forme de récit, est ponctuée d'énigmes qui vous feront progresser jusqu'à sa résolution. Les énigmes peuvent prendre différentes formes : devinettes visuelles, jeux de logique et d'observation, codes à déchiffrer, etc.

Toutes les énigmes doivent être résolues dans l'ordre pour vous permettre de mettre un terme à votre enquête et trouver le coupable.

Les solutions figurent en fin d'ouvrage. Si vous le souhaitez, vous pouvez vérifier votre réponse après avoir résolu une énigme, en faisant attention à ne pas lire la solution suivante.

Faites également attention à ne pas lire l'énigme suivante avant d'avoir terminé la précédente, vous risqueriez de découvrir la réponse sans avoir cherché par vous-même.

TOP SECRET
The Daily News.
WINFIELDS, LIMITED.
CROSSE & BLACKWELL'S
CALVES'-FEET JELLIES,
ORANGE, LEMON, PORT, CHAMPAGNE, AND
VANILLA FLAVOURS,
ARE SOLD BY ALL GROCERS, &c.
"ALLISON RANCH" GOLD MINE
BEETHAM'S
GLYCERINE
CUCUMBER
KINAHAN'S L.L. WHISKY
Sherlock Holmes
221b Baker St.
Marylebone, London

CHAPITRE 1
Un nouveau client

Sherlock Holmes
221b Baker St.
Marylebone, London

Dans votre appartement de Baker Street, pour passer le temps, Sherlock vous montre comment réaliser une nouvelle expérience scientifique. Il effectue différents mélanges.

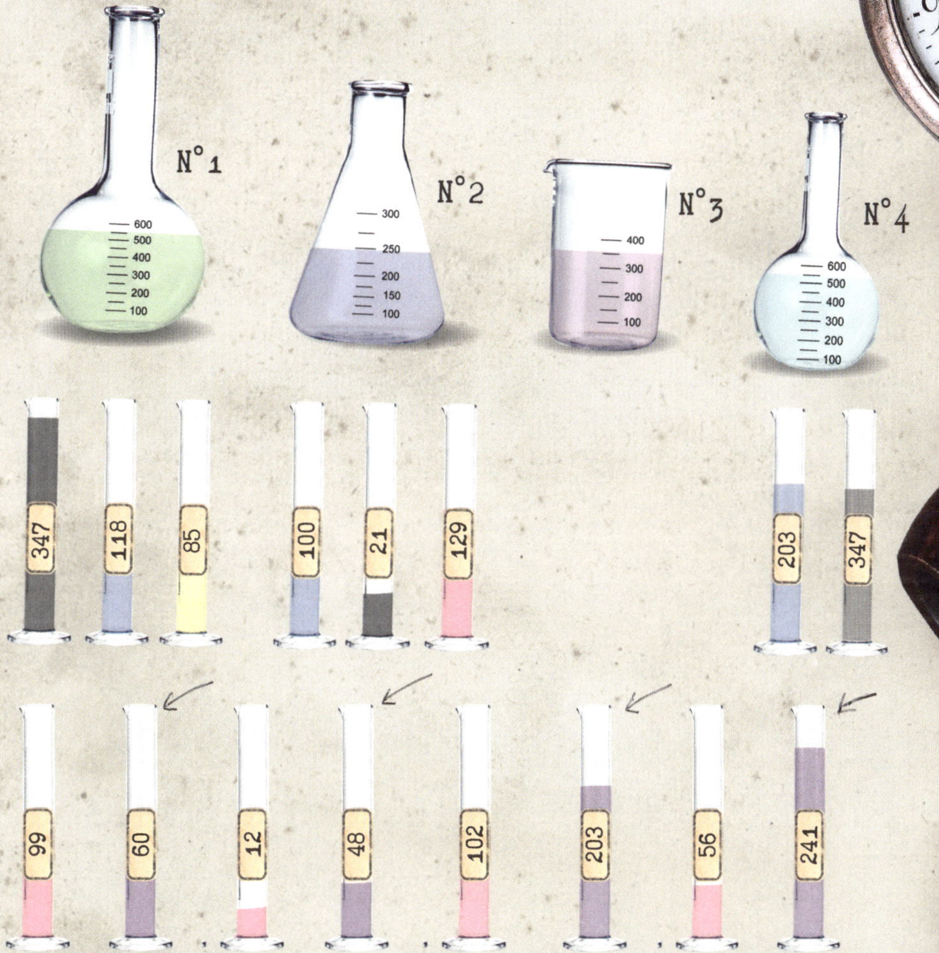

À VOTRE AVIS, MON AMI, LE CONTENU DE QUELLES ÉPROUVETTES AI-JE VERSÉ DANS LA SOLUTION N° 3 ?

Mrs Hudson, votre logeuse, frappe à la porte et vous présente un jeune homme.

– Ce beau brun souhaite s'entretenir avec vous. Grand Dieu ! Il serait temps de faire le ménage ici ! Bien… je vous laisse.

REPÉREZ LES 7 DIFFÉRENCES QUI SE SONT GLISSÉES ENTRE CES DEUX IMAGES DU BLASON D'OXFORD.

Vous vous installez confortablement pour écouter la demande du jeune garçon. À la fin de son récit, Sherlock observe la déposition que vous venez de retranscrire à la machine, puis griffonne quelques mots sur un papier qu'il vous glisse discrètement dans les mains.

« Je m'appelle Edward Harrison. Depuis un mois, je reçois des lettres de menace directement dans ma chambre d'étudiant à Oxford. Je ne vois pas du tout qui pourrait en être l'auteur. Je n'ai jamais eu de soucis auparavant… Pouvez-vous m'aider? Je vous en prie ! Un ami de l'université a beaucoup entendu parler de vos exploits. Il m'a dit de vous contacter. Apparemment vous êtes reconnus dans tout le pays ! Cet ami m'a aussi conseillé de ne pas appeler la police. Seuls les étudiants et les professeurs ont accès aux chambres. Et je m'entends bien avec tout le monde. J'aimerais rester discret. »

Un sur deux tout au bout.

LE JEUNE EDWARD NOUS A-T-IL DONNÉ TOUTES LES INFORMATIONS DONT NOUS AVONS BESOIN ?

Avant de poursuivre son récit, Edward prend un air encore plus triste.

– Arthur, mon meilleur ami, est décédé il y a huit mois, peu après la rentrée. Il partageait ma chambre. Je ne sais pas si ces lettres sont liées, mais elles ont réveillé en moi cette impression que sa mort n'était pas accidentelle. Pardon de ne pas vous l'avoir dit tout de suite, c'est encore douloureux. Voici donc les lettres :

CHER ED WARD
HARRISON,
TU TE CROIS GENTIL ET
AIME DE TOUS, MAIS
CE QUE TU AS FAIT EST
IMPARDONNABLE. TU
VAS PAYER POUR TOUT
CE QUE TU ME FAIS
ENDURER !

221 B Baker Street
London Nw1

SHERLOCK HOLMES

Consulting Detective

Cher Edward Harrison,
tu es tellement idiot,
mon pauvre. Je pourrais
te donner mon nom
que tu ne comprendrais
toujours pas qui je suis,
mais je ne te ferai pas
une telle fleur ! Tu n'au-
ras droit qu'a un indice
sur ma chambre.
Nous verrons si tu es
si intelligent...

Cher Edward Harrison,
tu es peut-etre le
meilleur de ta classe,
mais apparemment tu
n'as toujours pas trouve
ma chambre. Tu n'es
pas si malin...
Je me prepare.
Tu paieras bientot.

Je crois que nous ne pourrons rien en tirer pour le moment. Nous ferions mieux d'aller chercher d'autres indices à Oxford.

Sherlock Holmes
221b Baker St.

Watson, je vous prie, prenez ~~ma pipe~~, ma loupe,
~~mon chapeau~~ et ~~trois biscuits~~.
Je m'occupe de héler un fiacre !

Dans le train pour Oxford, Sherlock vous propose une petite devinette.

Je peux jouer
mon premier du piano.
Mon deuxième est le son
que fait le serpent.
On foule ma troisième du pied.
Tant que vous ne la résolvez pas
Cette charade est mon tout.

__ __ __ __ __ __ __

ÉLÉMENTAIRE, MON CHER WATSON !

CHAPITRE 2
Sur les bancs de l'école

Tower Bridge

Arrivés à Oxford avec le jeune Edward, celui-ci a envie de tester vos capacités à résoudre un mystère. Il vous met au défi de retrouver le numéro de sa chambre, en vous aidant du schéma ci-dessous.

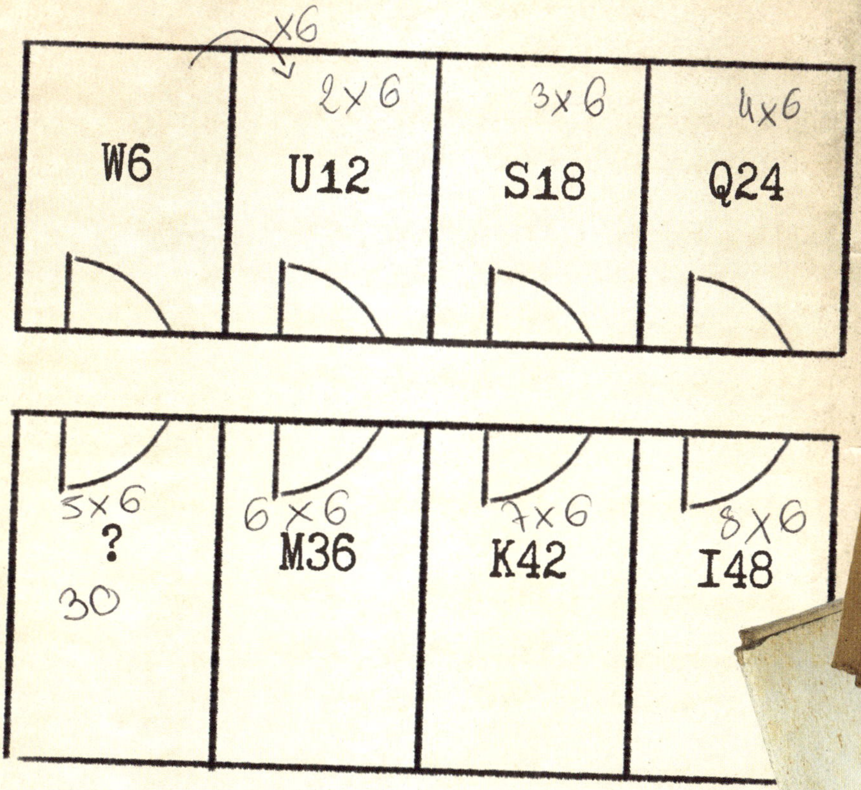

La chambre de l'étudiant ne présente rien de particulier au premier abord.

EN PARTANT DE LA CASE A1, EN AVANÇANT DE 6 CASES VERS LA DROITE, PUIS DE 2 CASES VERS LE BAS ET DE 4 CASES VERS LA GAUCHE... ET ENCORE DE 3 CASES VERS LE BAS, DE 2 CASES VERS LA DROITE, PUIS DE 1 CASE VERS LA GAUCHE... ET EN CONTINUANT DE 7 CASES VERS LA DROITE, DE 3 CASES VERS LE BAS ET DE 2 VERS LE HAUT, PUIS DE 5 VERS LA GAUCHE ET DE 2 VERS LE BAS, ET ENFIN DE 1 CASE À GAUCHE, VOUS AVEZ TROUVÉ LA CACHETTE D'EDWARD !

Dans la cachette d'Edward, vous trouvez plusieurs objets.

	B	O	U	C	H	O	N				
A	I	G	U	I	L	L	E				
			G	A	N	T					
	M	O	U	C	H	O	I	R			
	P	A	S	S	E	P	O	R	T		9
C	H	A	U	S	S	E	T	T	E	S	10
		G	O	U	R	D	E				6
	L	I	V	R	E	S					
		P	I	E	R	R	E				6

~~Aiguille~~ 8	~~Bouchon~~ 7	~~Chaussette~~ 10
~~Gant~~ 4	Gourde 6	Livre 5
~~Mouchoir~~ 8	Passeport 9	Pierre 6

Complétez cette grille horizontalement pour trouver le prochain indice.

Vous vous rendez compte que plusieurs empreintes de chaussures sont visibles sur le sol de la chambre.

Chaussures trouvées sous le lit.

A

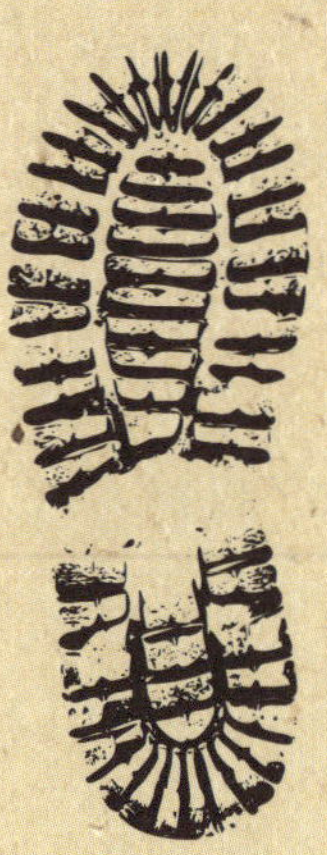

B

C

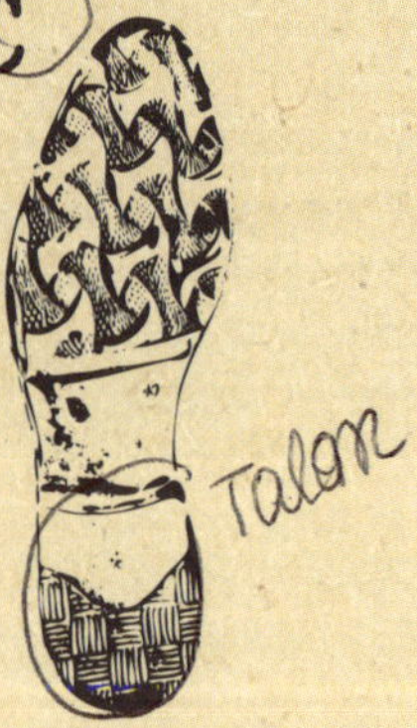

D

Sherlock pose quelques questions à Edward :

– Ces chaussures qui étaient sous le lit vous appartiennent-elles ?

– Oui, enfin c'est mon ami Charles Carpenter qui me les a données. Il ne les portait plus.

– Recevez-vous beaucoup de visites ?

– Pas tellement. Cette semaine Charles est passé une ou deux fois, mais c'est tout… Ah, si ! Le voisin de la chambre d'à côté est aussi venu hier soir, en pyjama. Il n'avait plus de dentifrice.

– Avez-vous une femme de ménage ?

– Oui, elle passe une fois par semaine, d'ailleurs il faut que je range quand vous serez partis !

QUELLE TRACE DE PAS DEVEZ-VOUS SUSPECTER, WATSON ?

Sherlock vous informe qu'il a trouvé un autre indice. Il vous soumet une nouvelle énigme pour déterminer sa localisation.

Je suis à la fois le lieu et l'objet.
Je supporte aussi bien le buvard
que la machine à écrire.

Qui suis-je ?

Bureau

ÉLÉMENTAIRE, MON CHER WATSON !

221 B BAKER STREET
LONDON NW1

SHERLOCK HOLMES

CONSULTING DETECTIVE

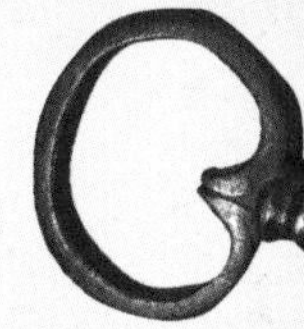

À l'endroit indiqué, vous trouvez trois éléments. Selon vous, il pourrait s'agir de nouveaux indices.

2	3	5	1	8	7	6	4	9
4	9	7	5	2	6	3	8	1
8	6	1	9	3	4	5	2	7
5	1	6	2	9	8	4	7	3
7	2	9	6	4	3	1	5	8
3	8	4	7	5	1	2	9	6
6	5	2	3	7	9	8	1	4
9	4	3	8	1	5	7	6	2
1	7	8	4	6	2	9	3	5

845

②

6

7

COMPLÉTEZ CETTE GRILLE
DE SUDOKU POUR SAVOIR
QUEL ÉLÉMENT VOUS INTÉRESSE.

Vous ne trouvez pas d'autres indices pour le moment. Sherlock demande à Edward de bien réfléchir aux personnes qui pourraient lui en vouloir. Tandis qu'il parle, vous prenez des notes et faites une fiche sur chacun des étudiants.

Leonard Stone
étudiant en lettres
pointure : 41
mobile : Edward ne sait pas pourquoi, mais Leonard semble ne pas l'apprécier.

Philip Jones
étudiant en histoire de l'art
pointure : 43
mobile : Edward a involontairement cassé l'une de ses sculptures.

Gilbert Anderson
étudiant en chimie
pointure : 44
mobile : Edward
connaît l'un
de ses secrets.

Charles Carpenter
étudiant en droit
pointure : 42
mobile : Edward a essayé
de lui couper les cheveux
mais l'a un peu raté.

John McCarter
étudiant en lettres
pointure : 44
mobile : il est le meilleur de leur classe et
Edward est 2e, ils sont donc rivaux.

Alors Watson, d'après les indices que nous avons déjà trouvés, qui est notre suspect n° 1 ?

Edward accepte de vous en dire davantage à propos de Gilbert :

– Vous avez peut-être remarqué dans le couloir que ma chambre se trouve juste devant le téléphone partagé par tout l'internat. Au début de l'année scolaire, notre porte était restée entrouverte et Arthur et moi avions surpris une conversation de Gilbert. Nous avions supposé qu'il parlait à sa mère. Il semblait énervé, ce qui a attiré notre attention. Au bout d'un moment, nous l'avons entendu dire : « Peu importe, je ne veux pas rencontrer ton mécanicien ! Il ne sera jamais mon père. Je suis un Anderson, un fils de lord, et je le resterai ! » Arthur a vivement fermé la porte, car nous en avions déjà trop entendu. Je n'en ai jamais été certain, mais je crois que Gilbert l'avait bien compris. Il n'a cessé de me jeter des regards noirs depuis.

Plongé dans ses pensées, Sherlock murmure :

– Ainsi il serait un fils illégitime et il ne veut pas que cela se sache. En effet, cela pourrait être un bon mobile. Et Arthur connaissait ce secret lui aussi… Mmmh… Watson ! Nous partons ! Edward, où le corps de votre ami a-t-il été retrouvé ?

CHAPITRE 3
Accident ou meurtre ?

Tower Bridge

Edward vous informe que le corps d'Arthur a été retrouvé au Raleigh Park, à l'extérieur de la ville. Mais il n'a pas le temps de vous en dire plus car il doit aller en cours et il est déjà en retard. Sherlock vous informe qu'il aimerait d'abord passer un appel. Il vous remet à nouveau un morceau de papier entre les mains.

Peter Claude Senrits

I N S P E C T E U R _

L E S T R A D E

À qui devez-vous téléphoner, Watson ?
Un indice ? Vous cherchez
sa profession et son nom de famille.

Évidemment, les petites énigmes du détective ne s'arrêtent pas là ! À peine avez-vous deviné le nom de l'inspecteur que Sherlock vous remet un troisième papier.

				=86
14	21	26	25	=86
27	24	15	20	=86
17	18	29	22	=86
28	23	16	19	=86
=86	=86	=86	=86	=86

QUEL EST LE NUMÉRO DE TÉLÉPHONE DE L'INSPECTEUR, EN DIAGONALE, SACHANT QU'UN MÊME NOMBRE NE PEUT APPARAÎTRE QU'UNE SEULE FOIS DANS LE TABLEAU ? ATTENTION, ILS SE SUIVENT TOUS !

Après beaucoup d'insistance, l'inspecteur Lestrade accepte de vous envoyer un cocher avec le rapport de l'enquête liée à la mort d'Arthur. En attendant, Sherlock vous propose de louer un fiacre pour la journée. Guidez le détective jusqu'au Raleigh Park en empruntant le chemin le plus court.

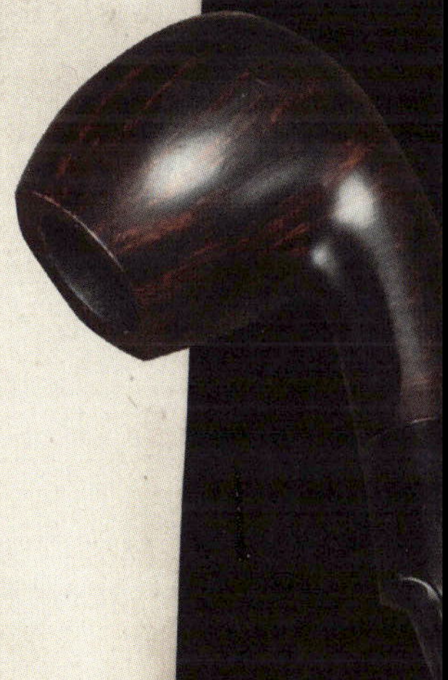

Dans le parc, vous avez passé beaucoup de temps à chercher le mémorial en l'honneur d'Arthur. De ce fait, le cocher envoyé par Lestrade arrive peu après vous. Il donne le dossier à Sherlock. Le détective le lit en diagonale puis en extrait quatre pages qu'il vous remet.

RÉSUMÉ DE L'AFFAIRE SHEPARD OUVERTE
LE SAMEDI 26 SEPTEMBRE 1885

VICTIME

Nom et prénom : SHEPARD Arthur

Né(e) le 18/07/1867 **à** Londres

Profession : Étudiant de 2e année en lettres à l'université d'Oxford

DÉCOUVERTE DU CORPS

Par : SMITH Rosie

Lieu : Raleigh Park **Date :** 26/09/1885 à 6 h 23

Position, état du corps : Sur le dos, arrière de la tête en sang. Tête posée sur une pierre.

CAUSE DU DÉCÈS

Shepard aurait glissé et serait tombé en arrière. Sa tête aurait heurté une pierre saillante. Hémorragie rapide suivie du décès.

RAPPORT DU MÉDECIN LÉGISTE

Sur les lieux à 6 h 57. La victime ne présente aucun signe d'altercation : rien sous les ongles, aucune trace de lutte ni sur la victime ni sur le sol.
Entaille de 3 cm sur le milieu du crâne qui correspond à l'entaille de la pierre sur laquelle la victime a été trouvée. Mort estimée à plus de 8 h avant l'examen du corps.

ANALYSE :
La victime a très probablement glissé sur l'herbe humide et sa tête a heurté la pierre.
Le décès a dû survenir dans l'heure qui a suivi.

DÉPOSITION DE ROSIE SMITH

Je suis entrée dans le parc à l'ouverture, à 6h15, pour promener Ricky. Vous voyez bien que c'est un tout petit chien, il a une petite vessie et il faut le sortir souvent. C'est la première chose que je fais le matin en me levant et la dernière avant de me coucher, vers 21h, juste avant la fermeture du parc. Ce matin, je suis donc arrivée à 6h15 et Ricky s'est tout de suite dirigé par ici. Il a sûrement senti quelque chose, c'est un chien intelligent. Dès que je l'ai vu... j'ai compris que l'homme n'était pas endormi, que quelque chose n'allait pas. Mais j'avais peur, vous comprenez ? Je n'ai pas voulu m'approcher et j'ai couru chercher le gardien.

Le gardien du parc n'a vu personne entrer dans la nuit du 25 au 26 septembre.

DÉPOSITION D'EDWARD HARRISON

Avec Arthur, nous nous sommes rencontrés à l'université et partagions la même chambre à l'internat pour la deuxième année consécutive. Dans la même classe depuis notre arrivée, nous sommes vite devenus de très bons amis.

Arthur était plutôt timide. Il restait souvent dans son coin, à lire, et s'aventurait rarement hors du campus. Je ne comprends pas ce qu'il est venu faire dans ce parc. Nous n'y sommes jamais allés ensemble et il ne m'en a jamais parlé.

Le soir de sa disparition, nous devions nous retrouver au pub pour dîner en terrasse en compagnie d'un autre ami, Charles Carpenter. Il faisait beau et chaud. Seulement, Arthur n'est jamais venu.. Cela lui était déjà arrivé lorsqu'il était trop absorbé par un livre ou qu'il révisait, donc nous ne nous sommes pas inquiétés. Mais il n'était pas non plus dans la chambre lorsque je suis rentré. Plusieurs personnes l'ont vu dans l'internat, mais plus après 19h00.

Confirmé par d'autres internes.

Je ne voulais pas inquiéter ses parents, j'ai donc décidé d'attendre le lendemain matin avant de les appeler, mais ensuite c'est vous qui m'avez réveillé...

221 B Baker Street
London Nw1

SHERLOCK HOLMES

Consulting Detective

DÉPOSITION DU PROFESSEUR WILSON
(dernière personne à avoir vu Shepard vivant)

Je suis le professeur de littérature contemporaine d'Arthur. Il m'a demandé de l'aide pour son exposé et je lui ai donc proposé de nous entretenir après le cours de fin de journée. Il était avec moi de 19h30 à 20h30 environ, puis nous nous sommes quittés, je devais participer à un concours d'échecs. Il est parti en direction de l'internat. Maintenant que j'y pense, je l'ai vu parler au jeune Gilbert Anderson en partant. Il pourra peut-être vous en dire davantage.

DÉPOSITION DE GILBERT ANDERSON

La dernière fois que j'ai vu Shepard, c'était le matin au self, pour le petit déjeuner. Je l'ai ensuite peut-être aperçu dans la journée, mais je ne lui ai pas parlé. Je ne sais pas qui vous a dit que je l'avais croisé, mais c'est faux. Je suis allé chez mes parents pour le week-end, directement après les cours. Mais ce n'est pas la peine de leur demander, ils n'étaient pas chez eux vendredi soir.

En tout cas nous n'étions pas amis, Shepard et moi ! Mais que lui est-il arrivé au juste? Vous ne me soupçonnez pas, j'espère?

Tout le temps de votre lecture, Sherlock a dessiné et écrit sur son carnet. Lorsque vous avez terminé, il vous montre son œuvre.

A	C	E	G	H	I
M	O	R	S	T	Y

T O R A I E R S

indice n° 1 : H C E M Y E E G

H O R a i r e s

indice n° 2 : H Y G E O M E T R I E

indice n° 3 : T R A C E S

1. Arthur est forcément mORT avant la FERMETURE du PARC.

2. On sait grâce à la dÉPOSITION d'EDWARD qu'il faisait cHAUD ce jour-là. Donc l'hERBE ne pouvait pas être mOUILLÉE et Arthur n'a pas pu gLISSER.

3. Si Arthur était vraiment tOMBÉ tout seul en aRRIÈRE, il y aurait des TRACES sur le sol, non pas de lUTTE, comme l'a confirmé le MÉDECIN LÉGISTE, mais au moins du pied qui a gLISSÉ.

À l'aide des trois indices de la page 38 (indice n° 1 pour la phrase n° 1, etc.) et des témoignages du dossier de police, tirez les bonnes conclusions et compléter ces phrases.

Ensuite, Sherlock vous remet une nouvelle énigme.

M	E	N	T	I	L	M	C	Y	Z	E	P	B	E	U	V
W	F	Q	Y	D	R	F	J	X	P	P	D	W	I	S	I
C	E	G	A	N	G	I	O	M	E	T	S	H	E	A	S
F	M	B	I	D	Y	H	K	D	E	A	Q	E	S	C	E
V	S	R	G	Z	T	U	K	L	P	M	G	L	S	A	N
E	N	I	I	F	E	Y	A	F	J	O	O	G	V	F	N
U	A	Y	L	R	N	B	T	I	R	L	H	D	O	U	O
S	D	R	B	Y	D	U	R	R	Q	D	C	A	I	M	S
I	O	P	E	A	R	T	E	A	F	W	Y	R	C	H	R
H	N	W	R	V	V	T	U	I	Z	U	I	Z	R	D	E
K	S	C	T	A	N	U	H	J	F	O	Q	L	W	V	P
R	X	P	U	I	F	V	I	R	S	O	G	T	S	D	R
W	B	V	S	R	P	L	U	Y	T	D	H	R	C	O	C
A	S	P	R	O	F	E	S	S	E	U	R	R	J	F	N

L'une des ____________ ____________ a ____________ ____________ son ____________. Est-ce le ____________ ____________ ou ____________?

Pour compléter votre analyse, Watson, trouvez les 8 mots cachés dans cette grille.

Pour finir, Sherlock vous demande de résoudre un dernier message codé.

I = L ou L = I ?

Jloehuw d hpphqh Duwkxu lfl
d o'hawhulhxu gh od ylooh

hw mxvwh dydqw od ihuphwxuh gx sduf
srxu qh sdv furlvhu

gh frqqdlvvdqfhv. Lo yrxodlw oxl idluh
shxu pdlv

lo v'hvw hqhuyh hw d srxvvh Duwkxu
txl hvw wrpeh vxu

od slhuuh. Jloehuw v'hvw hqixl hw
oh jduglhq d ihuph

oh sduf ghuulhuh oxl.

WATSON, AVEZ-VOUS TROUVÉ
QUELLE EST MON HYPOTHÈSE ?

À l'endroit où le corps d'Arthur a été retrouvé, Sherlock regarde attentivement le trou laissé par la pierre qui fait partie désormais des pièces à conviction. Une croix et quelques bouquets de fleurs ont été déposés. Le détective semble voir la scène se dérouler sous ses yeux. Enfin, il vous regarde à nouveau et vous lance une devinette.

« Lors d'un tournoi de boxe
qui opposait un club de Londres
à un club d'Oxford, les Londoniens
sont tous repartis
avec 3 égratignures
et 4 hématomes, et les Oxoniens
avec chacun 5 égratignures
et 7 hématomes. Sachant qu'il a
fallu soigner 34 égratignures
et 46 hématomes en tout, combien
y avait-il de Londoniens
et d'Oxoniens ? »

Nous allons faire quelque chose qui ne va pas vous plaire, Watson. Trouvez la réponse à ma devinette et je vous en dirai plus.

221 B Baker Street
London Nw1
Sherlock Holmes
Consulting Detective

CHAPITRE 4
Cambriolage à la Holmes

Sherlock Holmes
221b Baker St.
Marylebone, London

Sur le chemin du retour, Sherlock vous explique qu'il souhaiterait fouiller la chambre de Gilbert pour avoir de quoi confirmer son hypothèse. En effet, cela ne vous plaît pas, c'est totalement illégal, mais vous commencez à avoir l'habitude…

Vous arrivez à un carrefour. Quel chemin emprunter pour rejoindre Oxford ?

Le confort de ce fiacre me donne l'envie de faire un petit somme. Empruntez le chemin le plus long, Watson.

Arrivés à Oxford, vous devez d'abord déterminer dans quelle chambre vit Gilbert.

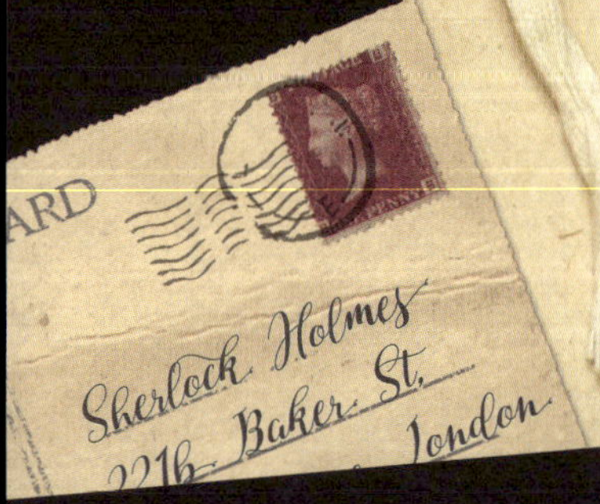

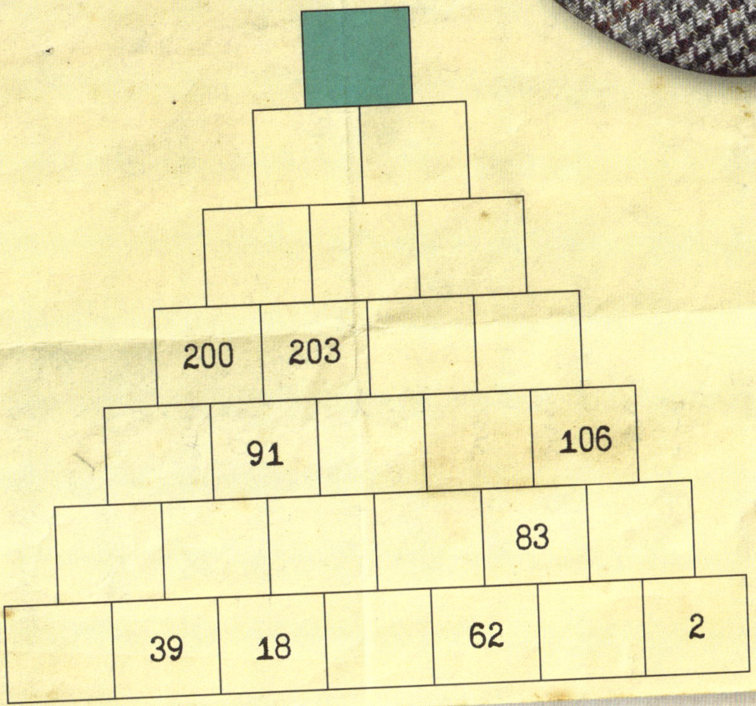

Chambre de Gilbert =

Complétez cette pyramide de chiffres, en sachant que chaque case est la somme des deux qui se trouvent en dessous d'elle. Ne gardez ensuite que les dizaines et les unités.

Vous connaissez le numéro de la chambre, mais il vous manque encore la clé. Un double se trouve très probablement dans le petit bureau à l'entrée de l'internat. Il est verrouillé par un cadenas à code.

DÉTERMINEZ LOGIQUEMENT LE CODE, WATSON, FAITES VITE AVANT QUE QUELQU'UN NOUS SURPRENNE. UN INDICE ? LE CODE N'EST PAS 4-4-1-2.

Vous entrez le code et la porte s'ouvre. Un gros trousseau de clefs se trouve sur la table. Sherlock s'en empare, puis en tire quelques-unes qu'il vous remet.

PUISQUE VOUS N'AVEZ PAS ENCORE UN SENS DE L'OBSERVATION AUSSI AIGUISÉ QUE LE MIEN, JE VOUS PROPOSE UN PETIT ENTRAÎNEMENT. ÉLIMINEZ TOUTES LES CLEFS QUI APPARAISSENT EN DOUBLE. LA DERNIÈRE NOUS OUVRIRA LA CHAMBRE DE GILBERT.

La clef est en effet la bonne. Décidément, Sherlock vous étonnera toujours, et vous êtes encore loin d'avoir son talent.

Un petit coffre-fort est posé sur le bureau de Gilbert. En fouillant la pièce, vous trouvez divers papiers qui semblent être des notes liées à l'ouverture du coffre.

= validé

= mal placé

CLEF

YEUX

FUME

LE PREMIER QUI TROUVE LE CODE A GAGNÉ !

Évidemment, le détective avait trouvé le code avant vous, mais il a préféré vous laisser le chercher par vous-même. Vous ouvrez le coffre. À l'intérieur, vous trouvez de l'argent mais, au fond, une petite clef est cachée. Quel meuble peut-elle bien ouvrir?

LA CLEF OUVRE LE SEUL OBJET QUI CONTIENT 4 DIFFÉRENCES ENTRE CES PAIRES D'IMAGES.

Dans le tiroir du bureau, vous trouvez le passeport de Gilbert ainsi que son journal intime. Vous êtes sur le point de l'ouvrir lorsque vous entendez des pas dans le couloir. Quelqu'un est sur le point d'entrer. Vous vous précipitez dehors en passant par la fenêtre. Vous feriez mieux de partir en courant.

	2		2		1	■	X	1		1		3	
	3		4	1	1	2	■	2	1	1	2		2
	2			2	1	1	2		1		1	1	1
	1	2	3		1		1	1	1				
			1	1	1	1	1	1					
1	1	2	1	1		1		1	1	1	1		1
1		2		1		1	2	2	2		2	1	
1	1	2	1	1	1	1	2		3	2	2		1
	1	1	1		1		2	2		1	1	1	1
	2		2		1	1	1	1	1	1		1	1
1	4		3	1	1	1					1	2	
	3		2	1		1		1	1	1	1		2
1	3	2	2	1	1	2	1	3		2	1	1	1
	1		1			1		3		2			

Pour traverser le jardin de l'internat sans être vus, vous devez éviter certaines zones. Noircissez le nombre de cases indiqué par les chiffres horizontalement, verticalement ou en diagonale. Il y a 31 cases à noircir.

Dans la précipitation, vous avez emporté le passeport et le journal intime. Sherlock est justement en train de regarder attentivement la pièce d'identité de Gilbert. Son observation terminée, il vous propose une nouvelle devinette.

Je commence par une possession
et je termine par une couleur,
mais je ne suis pas un nom propre.

Qui suis-je ?

Ce n'est autre que l'adresse des parents de Gilbert que le détective regardait avec autant d'attention sur son passeport. Sherlock veut désormais entrer dans leur manoir de Kingham, rien que ça !

→	G	T	E	R	A	E	S	G	A	I	
	I	L	B	T	T	D	B	D	L	S	
	R	N	G	A	N	I	I	N	D	N	
	L	T	I	S	D	E	B	A	E	R	
	E	B	S	R	E	B	R	T	B	S	
	N	R	O	N	E	A	E	N	D	O	
	R	D	E	G	I	L	B	O	I	N	→
	N	S	O	A	L	G	S	N	G	D	

NOUS DEVONS REPRENDRE LE TRAIN POUR NOUS Y RENDRE. TRAVERSEZ CE TABLEAU EN SUIVANT LE NOM DE NOTRE SUSPECT DU DÉPART À L'ARRIVÉE. ATTENTION, VOUS NE POUVEZ PAS ALLER EN DIAGONALE.

221 B Baker Street
London Nw1

SHERLOCK HOLMES

Consulting Detective

CHAPITRE 5
Séjour à la campagne

Sherlock Holmes
221b Baker St.
Marylebone, London

Dans le train, vous prenez le temps de feuilleter le journal de Gilbert. Un étrange poème attire votre attention.

Jet d'eau sur le monde, la pluie,
Sur mon cœur s'alourdit.
Pris est le lièvre par le chasseur.
Rit-il de lui quand il meurt ?

Char d'assaut contre mon âme effrayée,
Dansa, dansa sans s'arrêter.
Champ de mines sous mes pas,
Brrr, j'ai peur et j'ai froid.

Île perdue au milieu de l'océan,
Est-ce que je vais m'en sortir vivant ?
Pion malmené sur l'échiquier,
N'est-ce pas triste ? Personne ne me sauve.

La tristesse ne m'a pas emporté dans sa chute.
Voisine de ma main engagée dans la lutte,
Deux armes me permettront de m'en sortir :
L'autre chagrin aimerait vite en finir.

Côté jardin, une épée, côté cour une lance.
Deux éléments liés pour m'offrir la délivrance.
La joie revient dans mon cœur,
Rue-toi avec moi vers le bonheur.

27 décembre 1885
Je suis rentré chez père et mère pour les vacances. Ils passent leur temps à se disputer, et moi à m'ennuyer. Même le repas de Noël était ennuyeux. En plus je ne supporte plus cet idiot de Richard. Il passe son temps à taper contre le mur qui sépare nos chambres !

Heureusement, les vacances sont bientôt terminées. Je devrais alors passer mon temps à éviter Harrison, mais au moins il ne cherche pas à me parler non plus.

5 janvier 1886
Je viens de recevoir mon bulletin du premier trimestre. J'ai battu Nickols en biologie ! enfin Pour fêter cela, Albert, notre cuisinier, m'a préparé un curry, mon plat préféré.

Puis père m'a parlé d'une fille de duc qu'il aimerait me présenter. J'espère que ce n'est pas la fille de son associé, elle n'est pas à mon goût. Mais peu importe, pour l'instant c'est surtout à mes études que je dois me consacrer si je veux travailler avec père.

Parviendrez-vous à le décoder ?

Un fiacre vous emmène jusqu'au manoir de la famille Anderson. Un grand portail ferme la propriété. Hors de question de sonner. Vous attendez que votre chauffeur s'éloigne puis Sherlock vous met à nouveau à contribution.

Du plus grand au plus petit.

J'AIME BEAUCOUP CE GENRE DE PORTAIL. IL A ÉTÉ CONÇU POUR CEUX QUI OUBLIENT LEURS CLEFS. AIDEZ-VOUS DE MON INDICE POUR OUVRIR LE PORTAIL.

Le portail s'ouvre. Apparemment il n'y a personne, aucun fiacre ne stationne devant le manoir. Mais vous n'êtes pas au bout de vos peines : une lourde porte vous bloque encore l'entrée de la maison. Une roue se trouve tout près de la serrure.

La porte fonctionne elle aussi sans clef.
Cette fois je ne vous donne aucun indice.

La porte d'entrée s'ouvre à son tour. Vous pénétrez dans un hall immense. Tout de suite sur la droite, vous reconnaissez le portrait du jeune Gilbert, accompagné d'un garçon. Juste à côté du portrait se trouve un plan de la maison.

Si vous avez bien tout suivi, vous devriez savoir quelle chambre nous devons visiter.

Dans la chambre de Gilbert, le détective observe un arbre généalogique. Il ne peut s'empêcher de rire avant de vous remettre ces deux grilles.

D	W	V	G	I	Z	C	L	N	K	S	M	O	N	K	I	E
S	Z	S	T	B	L	O	H	N	G	R	Z	C	C	L	A	E
D	E	C	V	G	N	I	J	E	L	A	B	E	P	I	R	U
D	G	T	L	P	D	U	I	V	L	A	E	D	S	C	E	A
V	Z	D	A	C	I	B	K	T	L	Q	T	U	V	R	E	Z
A	S	O	D	N	I	N	L	N	E	T	V	E	I	R	U	S
E	Q	R	C	H	K	A	F	B	I	T	J	K	S	G	X	H
Y	S	D	E	C	U	F	L	C	O	L	H	H	C	W	E	W
Z	G	S	K	C	E	S	J	O	N	P	J	Q	A	R	Y	T
E	E	F	N	T	J	G	S	A	L	G	U	E	S	O	A	I
R	S	D	G	E	L	D	A	S	M	B	O	R	E	F	T	E
T	D	A	T	Y	D	R	H	T	Z	Q	H	U	S	R	G	B

JE VIENS DE SAISIR QUELQUE CHOSE WATSON !
À VOTRE TOUR, D'ESSAYER DE COMPRENDRE CETTE ÉNIGME.

Holmes ne vous laisse pas le temps de tout comprendre et vous donne cette grille de mots croisés manuscrite, trouvée dans le tiroir de la table de nuit.

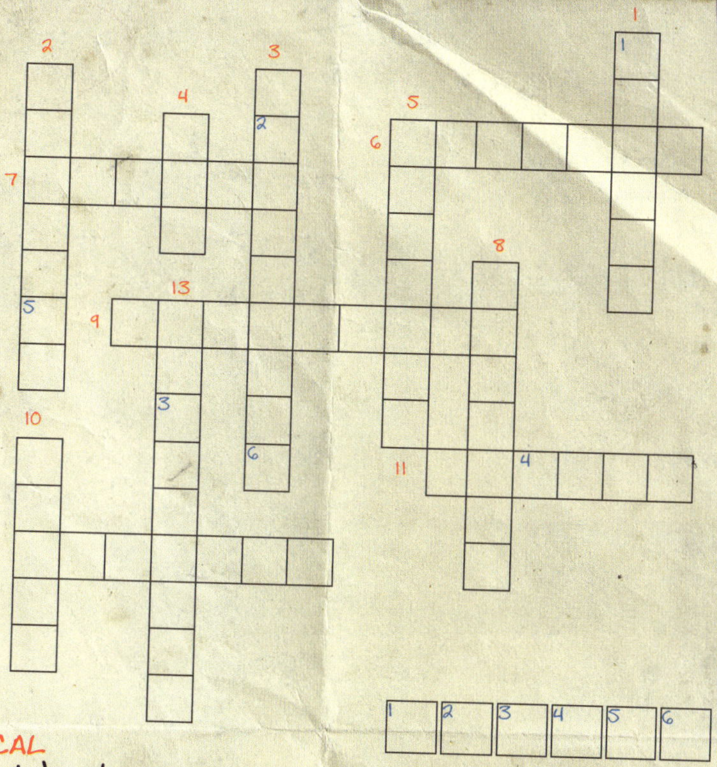

VERTICAL
1. Abondant dans les régions volcaniques.
2. Métal lourd qui rappelle une planète.
3. Symbolisé par la lettre K.
4. Son âge a suivi celui du bronze.
5. Dans le charbon et le diamant.
8. C'est aussi une planète.
10. Principal composant de l'atmosphère.
13. Principal composant du Soleil.

HORIZONTAL
6. Dans les os ou les coquilles.
7. Moins rare que l'or.
9. Permet la photosynthèse.
11. Plus ancien métal utilisé.
12. Aide à respirer.

COMPLÉTEZ CES MOTS CROISÉS.
SHERLOCK VOUS ENVOIE-T-IL SUR LA BONNE PISTE ?

– Je pense que nous ne trouverons pas d'autres indices dans cette chambre, murmure Sherlock. Un peu de courage Watson, je sais qu'au fond vous aimez mes énigmes ! En voici d'ailleurs une nouvelle.

CVVCVCV

ATELIER	COULOIR
DORTOIR	CUISINE
CELLIER	GRENIER
CHAMBRE	PISCINE

DÉTERMINEZ LOGIQUEMENT QUELLE AUTRE ESPACE DE LA MAISON PEUT VOUS INTÉRESSER.

Le cuisinier de la famille est très organisé. Il a un carnet où il note tout ce qu'il a cuisiné, quand et pour combien de personnes. Cela devrait vous permettre de confirmer ou non si Gilbert était bien ici le soir de la mort d'Arthur.

- Le pudding a été cuisiné pour le thé un jour de semaine.
- La famille était au complet et recevait en plus un invité le dimanche.
- 2 personnes ont mangé du pudding et ce n'était pas le vendredi.
- 3 personnes ont mangé le lundi. On ne leur a pas servi de rôti.
- Il y avait 4 personnes pour la collation. Elles n'ont pas mangé de haricots.
- Le repas où il n'y avait que les parents est survenu la veille d'un dîner pour une personne.
- Le curry a été servi en semaine et les haricots le lundi.
- Des scones ont été servis pour une collation, mais les haricots n'étaient pas pour le déjeuner.

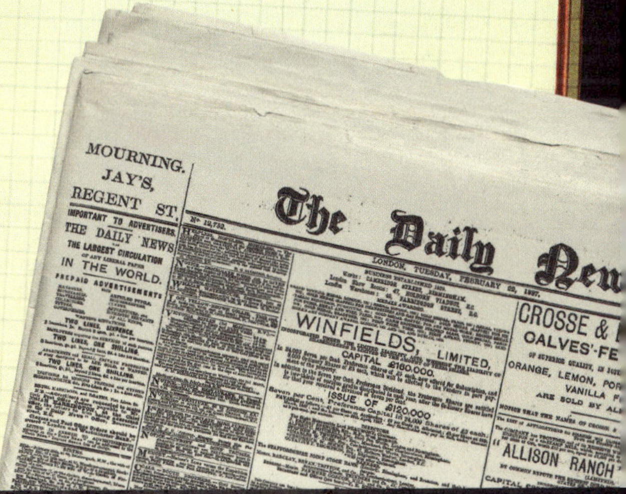

LISEZ CES INFORMATIONS ET REPORTEZ-VOUS AU TABLEAU DE LA PAGE SUIVANTE.

		NB DE PERSONNES					REPAS					PLAT				
		1	2	3	4	5	petit déjeuner	collation	déjeuner	thé	dîner	scones	haricots	curry	rôti	pudding
DATE	jeudi															
	vendredi															
	samedi															
	dimanche															
	lundi															
PLAT	scones															
	haricots															
	curry															
	rôti															
	pudding															
REPAS	petit déjeuner															
	collation															
	déjeuner															
	thé															
	dîner															

DATE	REPAS	PLAT	NB PERSONNES
jeudi			
vendredi			
samedi			
dimanche			
lundi			

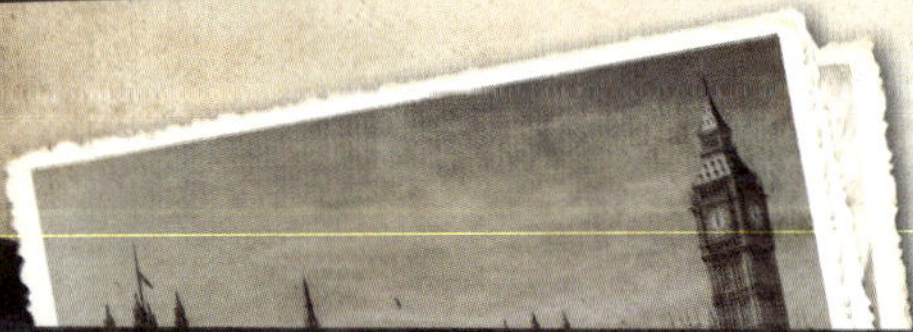

Aidez-vous des indications de la page 65 pour compléter logiquement ce tableau. Placez un 1 à l'intersection de deux éléments qui vont ensemble, et un 0 quand ce n'est pas le cas. Vérifiez ensuite vos réponses grâce au petit tableau

221 B Baker Street
London Nw1

SHERLOCK HOLMES

Consulting Detective

– Vous avez bien travaillé Watson ! Maintenant, aidez-moi à compléter mon hypothèse :

Le soir de la mort d'Arthur Shepard était un _ _ _ _ _ _ _ _. Gilbert avait donc prévu de passer le _ _ _ _-_ _ _ chez ses parents. Il est parti directement après les cours et il a bien _ _ _ _ seul ici, comme l'atteste l'agenda du _ _ _ _ _ _ _ _ _ _ de la famille. Il a donc un _ _ _ _ _ solide. Il n'aurait jamais eu le temps d'aller au _ _ _ _ avant le dîner, ou d'y retourner ensuite. Sa _ _ _ _ _ _ _ _ _ _ _ auprès de la police est donc _ _ _ _ _.

Si Gilbert n'a pas vu Arthur _ _ _ _ _ _ _ _ _ soir, c'est donc que le _ _ _ _ _ _ _ _ _ _ _ _ _ _ _ _ _ a menti. Comme je vous le disais, il est l'_ _ _ _ _ _ de Gilbert. J'imagine qu'il avait un problème avec _ _ _ _ _ _ _, mais aussi avec son _ _ _ _ _, puisqu'il n'a pas hésité à lui mettre le _ _ _ _ _ _ _ sur le dos.

Nous devons maintenant vérifier s'il est bien allé à son _ _ _ _ _ _ _ _ _ d'_ _ _ _ _ _ _. Nous changeons de principal suspect !

a-a-a-a-b-C-C-C-C-C-C-C-D-D-D-D-D-D-D-e-e-e-e-e-e-e-e-e-e-e-e-e-e-e-e-e-
é-é-é-F-H-H-I-I-I-I-I-I-I-I-I-I-I-Î-K-L-L-L-M-n-n-n-n-n-n-n-n-n-n-O-O-O-O-O-O-
O-p-p-p-R-R-R-R-R-R-R-R-R-R-R-R-S-S-S-S-S-S-S-t-t-t-U-U-U-U-U-U-V-V-V-V-W-W

Utilisez toutes les lettres de la réserve pour compléter ce texte.

Vous ouvrez la porte de la cuisine pour sortir et tombez nez à nez avec un homme gigantesque. Il vous attrape chacun par un bras et vous amène devant un quadragénaire à fière allure. C'est Mr. Anderson, le père de Gilbert.

– Tiens, tiens, ne serait-ce pas le fameux Sherlock Holmes ? Je me demande bien ce que vous faites dans mon manoir. Mais peu importe, nous n'avons rien à cacher. Vos amis de la police sont prévenus, ils vous escorteront jusqu'à Londres. Je vous souhaite une belle journée Messieurs.

– Vous de même, Mr. Anderson ! répond Sherlock en faisant une révérence.

Vous n'êtes pas d'humeur à vous joindre à cette conversation absurde. Et l'inspecteur Lestrade, qui vient d'arriver, ne l'est pas non plus. Il vous ramène aussitôt à la capitale et vous enferme tous les deux dans une cellule.

Il ne revient que tard dans la soirée pour vous libérer, mais décide de laisser Sherlock derrière les barreaux.

– Je sais que vous ne faites que suivre ses idées loufoques, Watson. Je vous laisse sortir, mais pas lui. Il a encore besoin de réfléchir aux conséquences de ses actes. Bonne soirée !

Que faire sans Sherlock désormais ?

CHAPITRE 6
Dans la peau de Sherlock Holmes

TOP SECRET
The Daily News.
ONE PENNY.
WINFIELDS, LIMITED.
CROSSE & BLACKWELL'S
CALVES'-FEET JELLIES,
ORANGE, LEMON, PORT, CHAMPAGNE, AND
VANILLA FLAVOURS,
ARE SOLD BY ALL GROCERS, &c.
"ALLISON RANCH" GOLD MINE
BEETHAM'S GLYCERINE CUCUMBER
KINAHAN'S LL WHISKY
Sherlock Holmes
221b Baker St.
Marylebone, London

L'inspecteur Lestrade exagère ! Holmes l'a aidé à maintes reprises dans la résolution de dizaines d'enquêtes et voilà comment il le remercie ! Il est hors de question de laisser Watson travailler seul. Sans compter que la vie du jeune Edward est peut-être en danger. Il n'y a pas une minute à perdre : Holmes doit à tout prix sortir d'ici. Il possède plusieurs épingles, mais une seule pourra crocheter la serrure. Laquelle ?

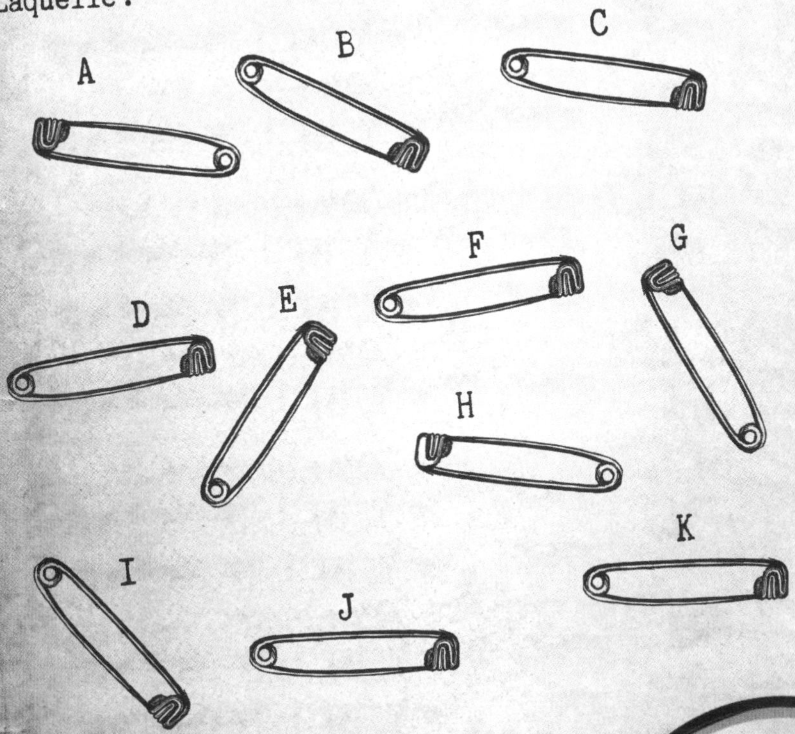

La serrure s'ouvre facilement, mais Sherlock n'est pas encore tiré d'affaire. Une porte qui fonctionne à l'aide d'un code bloque la sortie au bout du couloir.

Il comprend vite qu'il faut déplacer trois étoiles d'une seule case, dans n'importe quel sens, pour en avoir autant sur chaque ligne et sur chaque colonne. Attention, il ne peut faire que trois déplacements.

221 B Baker Street
London Nw1

SHERLOCK HOLMES

Consulting Detective

Sherlock doit encore traverser plusieurs couloirs pour sortir. Pour ne pas se faire repérer, il doit passer uniquement par les cases dont le résultat n'est pas un multiple de 3. Il ne peut pas avancer en diagonale.

→	115 ÷ 5	18 × 6	120 ÷ 40	22 − 18	931 ÷ 4
	212 ÷ 4	671 × 4	918 − 916	146 + 142	128 × 5
	77 + 67	360 ÷ 12	512 ÷ 8	131 × 2	900 ÷ 50
	285 × 4	341 − 142	614 + 841	156 + 19	176 + 328
	693 + 14	156 + 189	12 + 85	881 − 736	528 ÷ 8
	63 × 6	168 × 8	16 × 5	617 − 521	315 − 312
	521 ÷ 11	22 + 41	463 ÷ 1	312 − 2	79 × 4 →

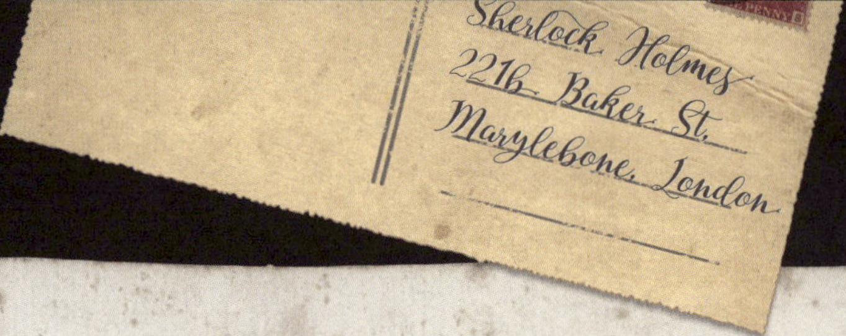

Ce serait dommage de partir sans laisser un petit mot à l'inspecteur. Complétez cette grille de sudoku pour vérifier que le message apparaîtra correctement une fois toutes les cases remplies.

Pardon, Lestrade, je suis...

	L		N	U		C	E	
		A	I				B	R
	B		A		R	U		
	A				L			
	U		E			I	A	
R		I	C	B		N		L
	R	E		N				U
		U		C		A		
N	C		B		U	R	I	

CHAPITRE 7
Retour à Baker Street

TOP SECRET
The Daily News.
WINFIELDS, LIMITED.
CROSSE & BLACKWELL'S
CALVES'-FEET JELLIES,
ORANGE, LEMON, PORT, CHAMPAGNE, AND
VANILLA FLAVOURS,
ARE SOLD BY ALL GROCERS, &c.
"ALLISON RANCH" GOLD MINE
BEETHAM'S
GLYCERINE
CUCUMBER
KINAHAN'S L.L. WHISKY
ONE PENNY.
Sherlock Holmes
221b Baker St.
Marylebone, London

Vous voilà sans Sherlock, qui n'est toujours pas revenu, et pourtant vous ne pouvez pas laisser Edward seul, surtout depuis vos découvertes. Commencez par rentrer chez vous à Baker Street pour pouvoir réfléchir tranquillement. Votre appartement est symbolisé dans cette grille par cette suite de trois images. Retrouvez-la le plus vite possible.

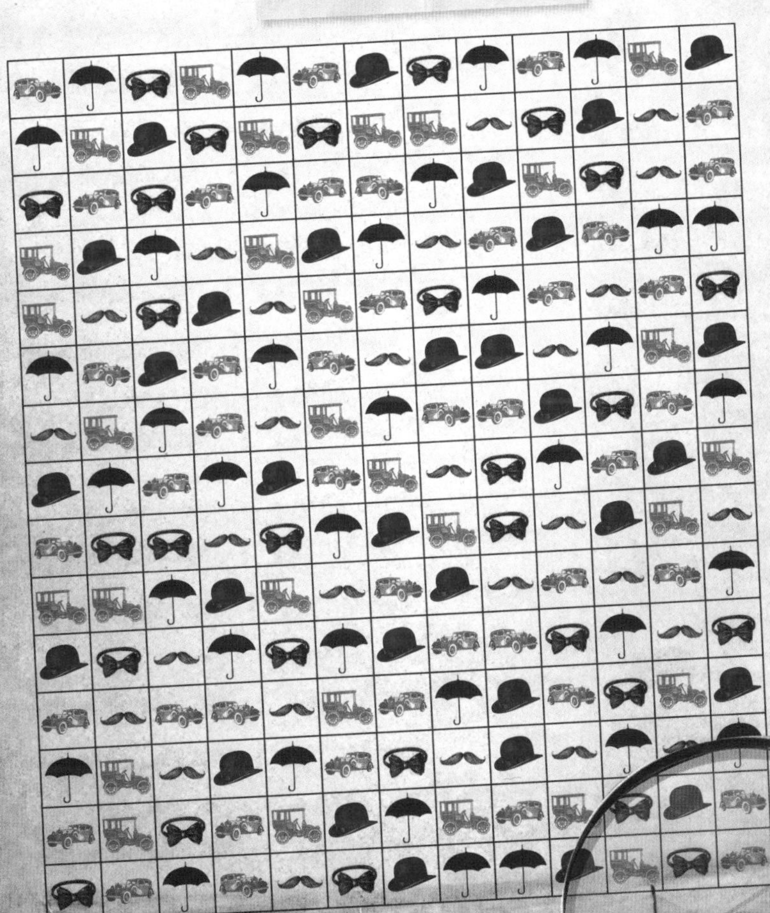

Il y a un tel bazar dans cet appartement. Vous allez perdre un peu de temps, mais vous décidez de le ranger pour y voir plus clair. Complétez cette grille de sorte qu'il y ait autant de 0 que de 1 sur chaque ligne et chaque colonne. Attention, vous ne pouvez pas placer plus de deux mêmes chiffres côte à côte.

0						0	
						1	
0		0	0				
			1				1
0				0			
					1		
0	0		0				
	1		0				

221 B Baker Street
London Nw1

SHERLOCK HOLMES

Consulting Detective

Après avoir rangé, vous retrouvez un morceau d'une des lettres de menace d'Edward. Il a dû tomber de son cartable. Retournez aux pages 12-13 et trouvez à quelle lettre il pourrait se rattacher. Décodez ensuite cet étrange message.

OH ! c'etaIt neUF !

Sherlock Holmes
221b Baker St.
Marylebone, London

Vous n'en revenez pas ! Si c'est bien le numéro de la chambre du corbeau, il sera très facile de le retrouver. Mais il vous reste encore la question du professeur Wilson à étudier. Heureusement que Sherlock ne jette rien, vous trouvez un journal daté du 26 septembre qui parle du concours d'échecs. Il est accompagné d'un numéro de téléphone. Voilà ce qu'on vous dit.

« Oui Mr. Wilson est un grand habitué de nos concours. Il était bien présent, il ne loupe pas une seule compétition. Mais ce n'était pas sa meilleure prestation… il a terminé 9e. […]

L'événement a commencé à 21 h 15. Je ne me souviens plus si Mr. Wilson était en retard, mais je ne crois pas, car la compétition a bien commencé à l'heure. Son premier adversaire était un de ses collègues. […]

Le concours a lieu dans la bibliothèque Bodléienne. C'est d'ailleurs grâce à Mr. Wilson qu'on y a accès. […]

Oh ! Je dirais que c'est à 2,5 miles du parc Raleigh. […]

Non, je ne sais pas comment il est venu. »

En sachant qu'un cheval au trot qui tire un fiacre avance à environ 14 km/h, et un cheval au galop à 23 km/h. M. Wilson aurait-il pu arriver à l'heure au concours en partant juste après la fermeture du parc à 21 h ?

1 mile = 1,609344 km

Holmes entre précipitamment dans la chambre. Bien joué Watson ! Qui aurait cru que vous seriez si efficace durant mon séjour en prison ? Il dessine quelque chose sur un papier qu'il vous tend.

Je me suis inspiré du nom de ce fruit pour coder ce message. Ici K = ?

7 26 14 11 13 10 1 26 14 14 26 16 13 14

Qui seront les prochains témoins à interroger, Watson ?

Vous retournez à Oxford, direction la salle des professeurs. Trois d'entre eux sont présents dans la pièce quand vous arrivez. Voici ce qu'ils vous disent :

Professeur Rives :
« Je ne mens pas toujours. J'ai entendu dire que Wilson était allé au concours en fiacre. »

Professeur Adams :
« Le professeur Rives ment toujours et moi je dis toujours la vérité. »

Professeur McWill :
« Le professeur Adams ne dit pas toujours la vérité. Wilson est arrivé à cheval au concours d'échecs. »

Puis un quatrième professeur entre dans la pièce et vous conseille de vous méfier de ces trois-là :
– L'un dit toujours la vérité, l'autre ment toujours, et le troisième dit toujours un mensonge après avoir dit une vérité.
Malheureusement, il repart avant de vous dire qui est le menteur.

D'APRÈS-VOUS, LE PROFESSEUR WILSON EST-IL ALLÉ AU CONCOURS À CHEVAL ?

Alors que vous sortez de la salle des professeurs, un homme vous demande de le rejoindre dans sa classe à 18 h, mais il file avant de vous préciser laquelle. En l'observant, Sherlock semble avoir deviné. Il vous propose une nouvelle énigme.

Vdoyuvsz nd'êttuejsk psahsk
adsascehzj agtitmeznxtrihfn !
Clefte hcoymomneq azvcaaiith
ucnj lsijvirlen de'hviysqteouibrcer
drasnvsr suotnb cxavrctgatbjlcen.

ALORS WATSON, QUELLE MATIÈRE ENSEIGNE-T-IL ?
DÉPÊCHEZ-VOUS, IL EST PRESQUE 18 H !

L'homme croisé devant la salle des professeurs est bien là, mais il refuse de vous ouvrir tant que vous ne lui aurez pas donné le code. Il vous glisse ce papier sous la porte.

Si je vous dis 16,
vous me répondez 5,
Si je vous dis 40,
vous me répondez 8,
Si je vous dis 1,
vous me répondez 2,
Si je vous dis 100,
que me répondez-vous ?

C'EST ÉVIDENT !

221 B Baker Street
London Nw1

SHERLOCK HOLMES

Consulting Detective

Le professeur d'histoire vous apprend qu'il a vu Wilson partir avec Arthur le soir de sa mort. Il en profite pour vous donner l'adresse de son collègue.

Vous partez sur-le-champ. Installé dans le fiacre, vous mettez de l'ordre dans vos idées tandis que Sherlock guide le cocher.

	1	2	3	4	5	6	7	8	9	10	11
A	N	E	O	N	E	S	E	S	N	O	S
B	S	E	N	E	O	N	E	O	S	E	N
C	O	O	S	O	S	O	N	E	O	S	O
D	S	E	N	S	S	O	S	N	E	N	E
E	N	E	S	O	N	O	N	O	S	O	E
F	E	S	S	N	E	E	S	O	N	S	S
G	O	N	E	S	N	S	S	E	N	E	N
H	E	E	O	E	E	N	E	O	S	N	O
I	S	S	O	N	S	O	N	N	E	O	E

N ↑

En vous déplaçant toujours d'une case, jamais en diagonale, depuis A1 : est, est, sud, ouest, sud, est, est, nord, est, sud, sud, est, nord, est, est, sud, sud, ouest, nord, est, est, nord, est, est, sud, sud, sud, ouest, ouest, sud, ouest. Où arrivons-nous ? Attention, la réponse n'est pas E10.

Le professeur Wilson vit dans une grande maison à l'extérieur d'Oxford. La porte s'ouvre toute seule avant même que vous ne frappiez. Sherlock entre sans réfléchir. Vous le suivez après une légère hésitation. Vous pénétrez dans une pièce plongée dans le noir. Une voix se fait entendre au-dessus de vos têtes.

– Bienvenue dans ma maison, Mr. Holmes. Vous m'avez finalement trouvé.

– Oh, tout le mérite revient à mon ami John Watson, répond Sherlock sans se démonter.

– Eh bien ! vous ne serez pas trop de deux pour ressortir d'ici. Vous avez peut-être compris comment avait terminé le jeune Arthur Shepard, mais vous n'en connaissez probablement pas la raison. J'ai mieux à faire que de vous raconter ses déboires, du moins pour le moment. Toutes les issues sont bloquées. Je vous laisse 15 minutes pour sortir de cette pièce. Si vous y parvenez, je vous expliquerai tout. Sinon, vous resterez ici jusqu'à ce que quelqu'un vienne vous sauver, mais je ne vois pas bien qui. À plus tard messieurs.

Vous entendez un bruit de porte qui s'ouvre et se referme.

Quand vous serez prêt, déclenchez un chronomètre et tournez la page. Parviendrez-vous à résoudre toutes les énigmes des pages 89 à 94 en 15 minutes ?

CHAPITRE 8
Le coupable se dévoile

TOP SECRET
The Daily News.
ONE PENNY.
CROSSE & BLACKWELL'S
CALVES'-FEET JELLIES,
ORANGE, LEMON, PORT, CHAMPAGNE, AND VANILLA FLAVOURS,
ARE SOLD BY ALL GROCERS, &c.
WINFIELDS, LIMITED.
"ALLISON RANCH" GOLD MINE
KINAHAN'S LL WHISKY
BEETHAM'S GLYCERINE CUCUMBER
Sherlock Holmes
221b Baker St.
Marylebone, London

Commencez par allumer la lumière. La grosse ampoule fonctionnera lorsque six petites ampoules différentes seront allumées. En sachant que vous pouvez enclencher au maximum trois interrupteurs en même temps, et que deux ampoules éclairées à la même place s'annulent, comment allumer la grosse ampoule ?

La pièce est un petit salon meublé uniquement d'un piano et d'une armoire. Cette dernière est verrouillée par un cadenas à quatre chiffres.

Des phrases ont été griffonnées sur une partition posée sur le piano. La réponse doit être donnée en chiffres.

Jouez-moi sur le clavier pour obtenir la clé.

L'ODE À LA JOIE

Indice : il y a 11 notes à jouer.

Quelles notes devez-vous jouer ?

Un petit tiroir s'ouvre sous le piano. Il ne contient pas de clef, seulement un papier.

MON NOMBRE D'APPARITIONS
DANS TOUS LES SENS,
MULTIPLIÉ PAR DEUX CENTS.

W	L	O	W	I	L	S	O	N	L	N
L	I	W	N	O	N	O	S	L	I	W
W	I	L	S	O	N	L	I	O	N	S
S	O	W	S	N	O	S	L	I	W	W
L	N	L	N	O	S	L	I	W	I	N
I	I	W	S	N	N	W	O	I	L	O
W	W	I	L	S	O	N	S	L	S	S
I	I	L	N	L	S	W	I	S	O	L
L	L	S	W	I	L	L	S	O	N	I
S	S	O	S	L	I	O	N	N	L	W
O	O	N	O	N	W	I	L	S	O	N
N	N	W	I	L	S	O	N	N	S	W

Vous entrez le code 3-4-0-0 sur le cadenas. L'armoire s'ouvre. Voici ce que vous trouvez à l'intérieur : des livres, un coffre verrouillé par un code à cinq lettres, et une grille dessinée sur un panneau en carton.

code : ☐☐☐☐☐

SEREZ-VOUS ASSEZ MALIN POUR TROUVER LE CODE QUI OUVRE LE COFFRE ?

Le coffre contient huit clefs sur lesquelles ont été attachées des étiquettes. Vous n'avez pas le temps de toutes les essayer.

QUELLE CLEF OUVRE LA PORTE QUI VOUS PERMETTRA DE SORTIR DE CETTE PIÈCE ?

Vous mettez la clef dans la serrure et malgré un tour de verrou, la porte ne s'ouvre pas. Sherlock remarque alors, gravé sur le bois de la porte, un plateau d'échecs.

POUR RÉUSSIR À VOUS ÉCHAPPER, SUIVEZ LA SORTIE EN PARTANT DU CHEVAL, MAIS ATTENTION, VOUS N'AVEZ DROIT QU'À SIX DÉPLACEMENTS ET VOUS NE POUVEZ PAS PASSER DEUX FOIS PAR UNE MÊME CASE.

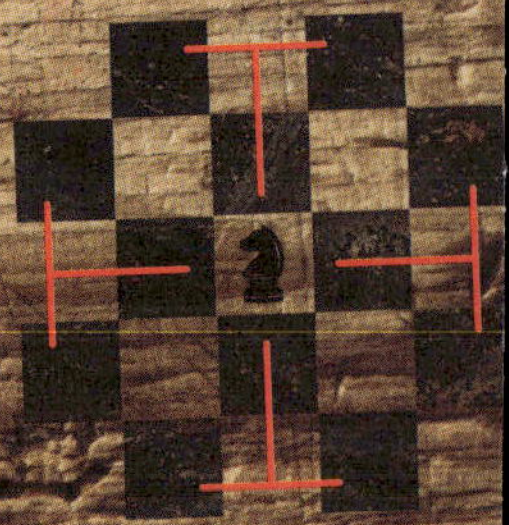

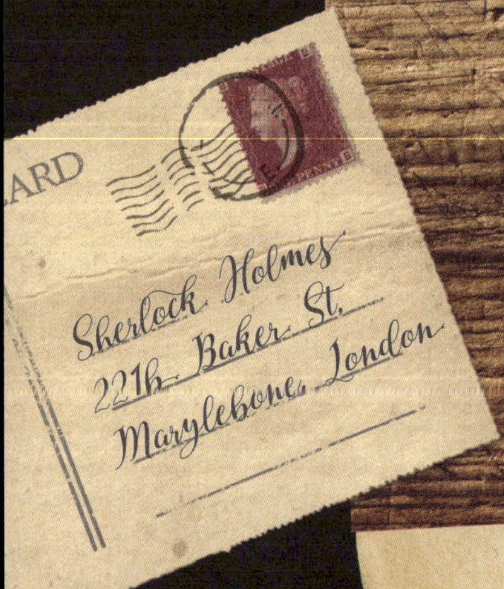

Vous appuyez sur les six cases de l'échiquier et la porte s'ouvre sur un salon un peu plus grand. Wilson vous y attendait les bras croisés.

– Bravo, vous avez réussi à sortir dans les temps, mais j'ai un dernier défi pour vous. Je vous laisse observer cette photo durant deux minutes. Je vous poserai ensuite des questions à son sujet.

Lorsque les deux minutes sont écoulées, tournez la page pour répondre aux questions du professeur.

1. Vrai ou faux ? Il y a moins de cinq livres sur l'image.

2. Que voit-on sur le papier situé le plus à gauche ?

3. Quelle lettre apparaît au milieu de l'image sur la boîte en carton ?

4. Vrai ou faux ? La montre indique qu'il est 4 h 45.

5. La chandelle est-elle allumée ou éteinte ?

6. Vrai ou faux ? La pipe se trouve à droite de la loupe sur l'image.

7. De quelle matière est fait l'objet posé sur la pile de livres à droite de l'image ?

8. Sur le livre, combien de portraits d'hommes peut-on voir sur chaque colonne ?

Le professeur vous laissera-t-il finalement sortir ?

CHAPITRE 9
Épilogue

Sherlock Holmes
221b Baker St.
Marylebone, London

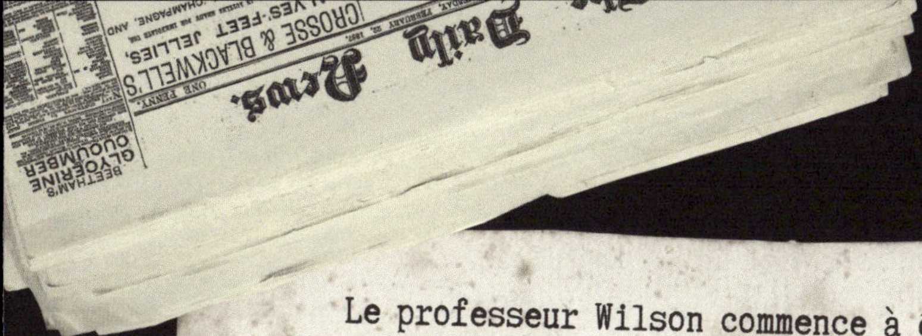

Le professeur Wilson commence à être vraiment agacé par votre réussite. Il brandit un pistolet et vous met en joue.

– Peu importe, vous resterez ici. Vous vous croyez plus malin que moi, c'est ça ?

– Calmez-vous mon brave, nous ne doutons pas de votre intelligence, dit Sherlock pour le calmer. Après tout, vous avez réussi à faire passer la mort d'Arthur Shepard pour un accident. Il a accepté votre proposition de discuter de son devoir de littérature au soleil, mais malheureusement, vous avez perdu votre sang froid lorsqu'il n'a rien voulu vous dire sur le secret de votre neveu Gilbert, et vous l'avez poussé. Et maintenant, vous essayez de le découvrir en menaçant Edward…

– Quoi ? Edward Harrison ? Il sait quelque chose ?

Sherlock paraît décontenancé, mais il n'a pas le temps de répondre, la porte d'entrée s'ouvre avec fracas et tout un régiment de policiers pénètre dans la maison. Sherlock profite de la surprise de Wilson pour lui subtiliser son arme.

– Peter Wilson, vous êtes en état d'arrestation pour le meurtre d'Arthur Shepard, dit l'inspecteur Lestrade en le menottant. Merci pour votre appel, Holmes.

– Vous en avez mis du temp ! répond Sherlock. Je vous ai téléphoné juste avant de quitter Oxford tout de même !

À peine êtes-vous arrivés à Scotland Yard qu'un policier vous arrête en tendant un téléphone à Holmes.

– Quelqu'un pour vous, Holmes, c'est urgent.

Vous prenez l'écouteur pour suivre la conversation. On dirait un étudiant d'Oxford, mais vous ne distinguez pas tout ce qu'il dit, ses mots sont entrecoupés de sanglots.

Monsieur Holmes? Je suis (1) (2) , c'est moi qui ai (3) à Edward de vous appeler pour ses (4) . Edward a (5) et sa (6) est sens (7) (8) ! Je vous en prie, (9) tout de (10).

(1) ADDEHIILPPRW .... et ....

(2) EEJNOSST .... et ....

(3) CEEÉILLNNOS .... et ....

(4) ADEEEGLNRRSTT .... et ....

(5) ADDEIPRSU .... et ....

(6) ABCEHMMORRT .... et ....

(7) CDDEÉÊHNOPSSSSU .... et ....

(8) DENOOSSSSUU .... et ....

(9) AEENNOSTVWZ .... et ....

(10) EEIISTTUV .... et ....

Je pense avoir tout compris Watson. J'ai mélangé les lettres de chaque mot manquant avec celles d'un autre mot. Mais faites vite, il y a urgence !

Toutes sirènes hurlantes, vous retournez à Oxford. La chambre d'Edward est sens dessus dessous, comme si une bagarre avait eu lieu.

–Mais dites-moi, Watson, nous avons failli oublier de visiter la fameuse chambre 079 !

Sherlock court voir le concierge. Il revient avec une nouvelle énigme pour vous.

1. Pour prélever un morceau d'être vivant. BEIIOPS
2. Stopper les voleurs. AEERRRT
3. Lorsque ce n'est pas un accident. EEMRRTU
4. Les étudiants d'Oxford en portent. ABLNOSS
5. Ceux qui savent parfois quelque chose. EIMNOST
6. On les paie ou on les mange ! ADEEMNS
7. On ne sait pas de qui il s'agit. AEMNNOY
8. Lorsqu'on s'attaque à quelqu'un. AEEGRSS

1							
2							
3							
4							
5							
6							
7							
8							

TROUVEZ TOUS LES MOTS DE LA GRILLE, PUIS UTILISEZ LES LETTRES RESTANTES POUR DÉCOUVRIR À QUI APPARTIENT LA CHAMBRE 079.

La chambre n'appartient à personne car elle renferme un gros problème d'humidité. Le concierge a tout de même remis les clefs à Sherlock. À l'intérieur, vous trouvez sur le sol des journaux découpés, des feuilles de papier et de la colle. Tout le matériel du parfait corbeau !

U b Q W n
Q M p
s H W a R K
b C j M
g Q e
F g F D p
L t I H L C O
Q y a Z K
X X
t O s n R Z
y b

SUPPRIMEZ TOUTES LES LETTRES QUI APPARAISSENT EN DOUBLE
ET FORMEZ UN MOT AVEC CELLES QUI RESTENT.
VOUS DÉCOUVRIREZ PEUT-ÊTRE UN NOUVEL INDICE.

221 B Baker Street
London Nw1

SHERLOCK HOLMES

Consulting Detective

Vous retournez immédiatemment dans la chambre d'Edward. Quelque chose a dû vous échapper. Vous fouillez la pièce de fond en comble et vous finissez par trouver une lettre qui avait glissé sous le lit. Sherlock y repère tout de suite un nouvel indice.

je suis pret
edward.
je vais vite venir
te chercher.
j'espere que
tu as peur.
en tout cas,
tu devrais.
a tres bientot.

Ouvrez l'œil, Watson !

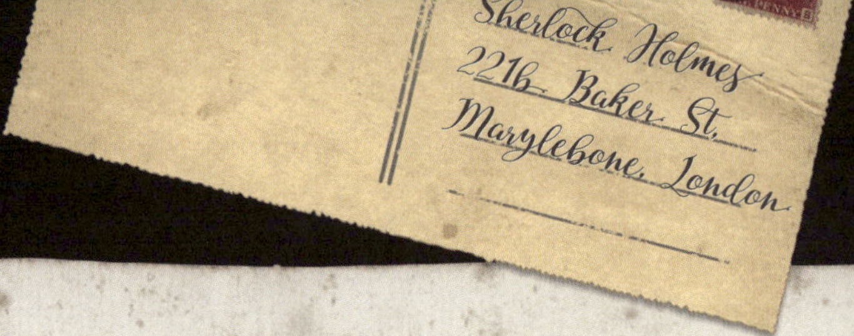

Sherlock se met à réfléchir tout haut :

– Nous n'avons pas le temps de faire analyser cette empreinte. Elle se trouve peut-être dans le dossier d'un des élèves. L'administration d'Oxford est très pointilleuse concernant les inscriptions, elle n'accepterait jamais de faire rentrer d'anciens criminels.

Le détective vous remet encore un papier.

YHPAYA
\+ AKZBZR
______
. . . . . .

AB
\+ AQ
___
. .

AGNZAFDML
\+ AZBCZLYFD
____
D . . . .

Où devons-nous chercher les dossiers des élèves, Watson ?

Vous demandez votre chemin à un élève. Il accepte à condition que vous l'aidiez à ranger ses affaires. Chaque cahier doit toucher un seul crayon horizontalement ou verticalement, mais pas en diagonale. Les chiffres sur les côtés indiquent le nombre de crayons dans chaque colonne et chaque ligne et chaque crayon peut en toucher un autre.

	5	2	4	0	3	0	1	6	3	3
3				■			■			■
1	■									
1						■	■	■	■	
5		■								
1							■			■
1					■					
3	■			■						
1								■		
2			■				■			■
3	■		■			■				■
2			■							
1			■					■		
3		■								■

TOP SECRET

La porte du bureau est verrouillée par un cadenas avec 7 lettres. Sur la droite, un cadre photo attire votre attention : une photo de groupe munie d'une étrange légende.

Louise n'est pas à côté de Clyde. James est auprès de sa mère, mais loin d'Élisabeth. Nicolas est le benjamin des garcons. Seuls Horton et Isabela sont assis.

ENTREZ LES INITIALES DES PRÉNOMS DANS L'ORDRE D'APPARITION SUR LA PHOTO : LES QUATRE PERSONNES EN HAUT PUIS LES TROIS EN BAS, DE GAUCHE À DROITE.

Dans le bureau, vous vous retrouvez face à plusieurs meubles remplis de dossiers rangés par sections.

Chaque image est entourée de quatre détails. Un seul détail n'appartient pas à l'une des images. Lequel ?

A B C D

A B C D

A B C D

A B C D

TROUVEZ DANS QUELLE SECTION NOUS DEVONS CHERCHER LES DOSSIERS DES ÉTUDIANTS.

Une heure plus tard, après avoir fureté dans tous les dossiers, vous isolez trois étudiants dont les empreintes sont similaires à celle que vous avez trouvée sur la dernière lettre en page 103.

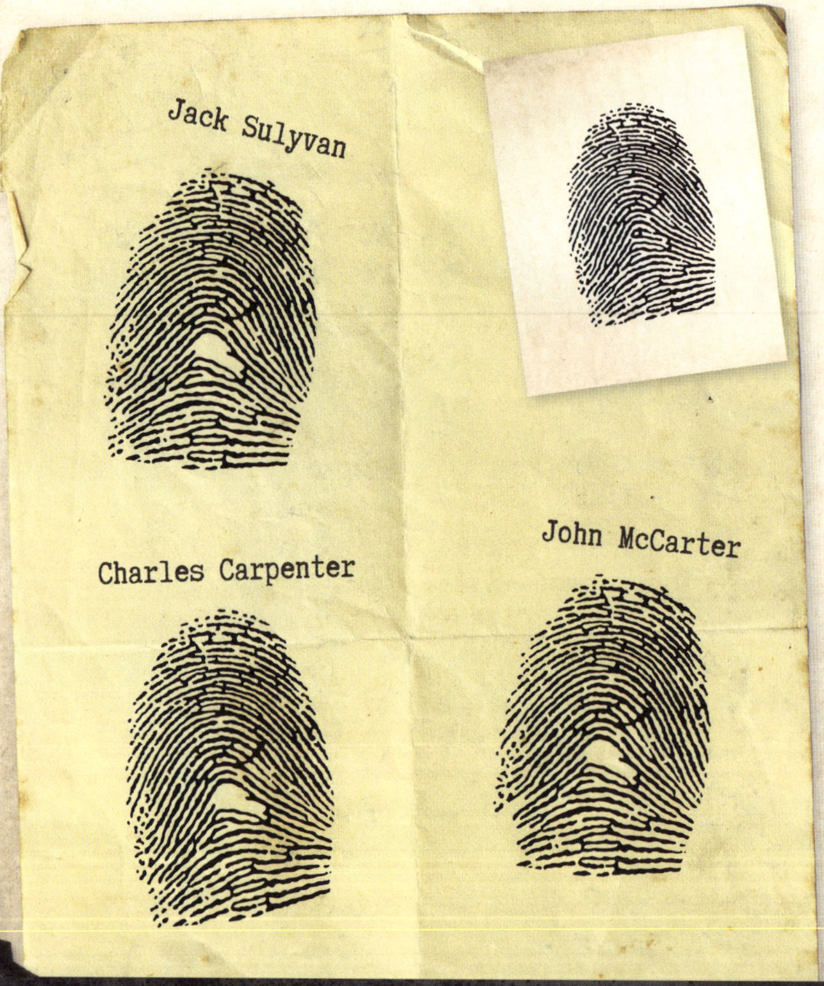

LA BONNE EMPREINTE EST CELLE QUI A MOINS DE TROIS DIFFÉRENCES AVEC L'ORIGINALE. QUI EST NOTRE NOUVEAU SUSPECT ?

221 B Baker Street
London Nw1

SHERLOCK HOLMES

Consulting Detective

CHAPITRE 10

Sherlock Holmes
221b Baker St.
Marylebone, London

Avec Sherlock, vous retournez voir le concierge. Il commence à vous trouver envahissants ! Cette fois-ci, il refuse de vous ouvrir la chambre de Charles à moins que vous ne l'aidiez à résoudre la grille de sudoku sur laquelle il est penché depuis une heure.

	3				2	4	9	
1	5			8				3
				6				7
				3				4
	4	9	1		7	3	6	
8				9				
3				2				
5				1				2
	2	1	7				3	

Le concierge accepte finalement de vous ouvrir la porte de la chambre. Vous trouvez un petit mot sur le lit de Charles Carpenter, probablement destiné à son colocataire.

Je suis allé voir Arthur

OÙ DEVONS-NOUS CHERCHER LES DEUX GARÇONS ?

RÉSERVE DE LETTRES : ACEEEIIMRTU.

Pour vous y rendre, vous devez à nouveau traverser toute la ville d'Oxford.

TROUVEZ LE SEUL CHEMIN
QUI NOUS MÈNERA À DESTINATION.

Le cimetière d'Oxford est très grand, vous allez passer des heures à retrouver la tombe d'Arthur ! Par chance, Sherlock trouve les morceaux d'une photo déchirée près de l'entrée.

RECOMPOSEZ CETTE PHOTO ET RETROUVEZ LA TOMBE DE SHEPARD.

221 B Baker Street
London Nw1

Sherlock Holmes

Consulting Detective

Devant la tombe d'Arthur vous reconnaissez Charles, malgré sa cagoule. Il se tient derrière Edward, à genoux face à la tombe.

– Avoue que c'est toi qui l'as tué, Edward ! Comment as-tu pu ? C'était no… ton ami !

– Mais je n'y suis pour rien, répond Edward, en larmes.

Vous devez vite maîtriser Charles avant qu'il ne fasse du mal à Edward.

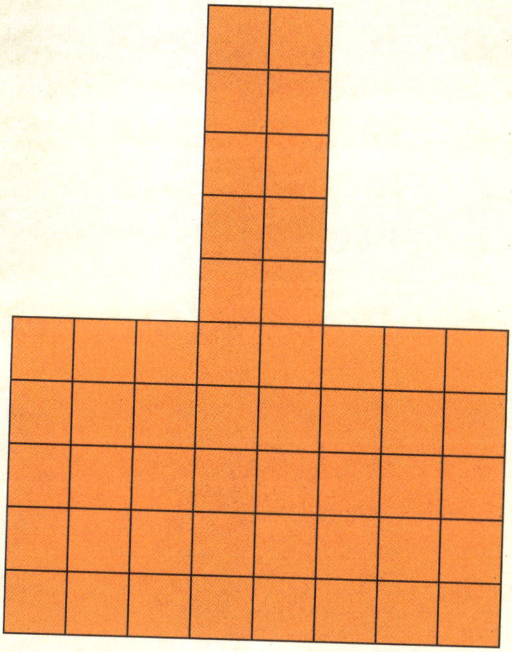

Watson, trouvez la façon de séparer cette figure en deux parties non symétriques mais de même forme et de même taille, je m'occupe de Carpenter.

Une fois Charles maîtrisé, vous lui retirez sa cagoule. Edward est sous le choc. Sherlock leur explique que c'est le professeur Wilson qui est responsable de la mort de leur ami.

– Comment as-tu pu penser une seule seconde que j'y étais pour quelque chose ? demande enfin Edward.

– J'ai bien senti qu'avant la mort d'Arthur, il y avait une sorte de gêne entre vous. Maintenant je comprends que c'était à cause du secret que vous gardiez au sujet de Gilbert. Mais n'étant pas au courant, avec le temps, je me suis imaginé que tu lui en voulais et que c'était toi qui l'avais tué car je n'ai jamais cru à un accident. Je t'ai envoyé ces lettres de menace parce que je culpabilisais de ne pas avoir parlé à la police. Mais je vois que je me suis trompé. Je suis désolé, je voulais juste te faire peur pour que tu avoues. Je ne t'aurais jamais fait de mal.

– C'est aussi ce que nous a dit Wilson à propos de votre ami, fait remarquer Sherlock.

Vous laissez les deux étudiants discuter et repartez en direction de la gare. Sur le chemin, Sherlock vous pose une dernière devinette.

Ils commencent comme érudits et terminent comme intelligents, mais ils ont encore beaucoup à apprendre. Qui sont-ils ?

Solutions

Page 9 :

99 + 48 + 203 = 350

Page 10 :

Page 11 :

Si on regarde les mots en bout de ligne et qu'on en sélectionne un sur deux, on obtient « Je vous dis pas tout ». Edward n'a donc pas donné toutes les informations utiles.

Pages 14-15 :

Page 16 :

Mystère (mi-sss-terre).

Page 19 :

030.

Pour trouver la lettre, il faut prendre une lettre sur deux de l'alphabet à l'envers, à partir du W. Le chiffre est ensuite à deviner en complétant la suite des multiples de 6.

Page 20 :

Vous devez chercher en I5, sous le lit.

Page 21 :

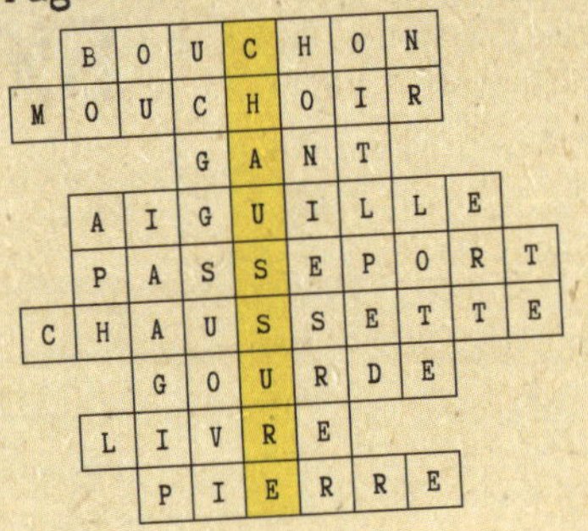

Pages 22-23 :

La trace de pas A.

Edward n'a reçu que deux visites cette semaine et la femme de ménage doit justement passer aujourd'hui ou demain. Il ne devrait donc n'y avoir que trois traces de pas : le voisin, Charles et Edward. Les deux derniers font la même pointure puisque Charles a donné ses chaussures à Edward. On peut déjà supprimer la chaussure C, qui correspond bien à la chaussure en visuel, puis la B qui est à Charles ! Enfin, on peut supposer que le voisin était pieds nus, ce qui correspond à la D. La trace suspecte est donc la A.

Page 24 :

Je suis le bureau.

Page 25 :

C'est l'objet N° 2 : le cheveu.

2	3	5	1	8	7	6	4	9
4	9	7	5	2	6	3	8	1
8	6	1	9	3	4	5	2	7
5	1	6	2	9	8	4	7	3
7	2	9	6	4	3	1	5	8
3	8	4	7	5	1	2	9	6
6	5	2	3	7	9	8	1	4
9	4	3	8	1	5	7	6	2
1	7	8	4	6	2	9	3	5

Pages 26-27 :

Grâce à la page 10, on sait qu'Edward est brun. Le cheveu blond retrouvé page 25 est donc probablement celui du suspect. On peut donc éliminer Philip et Leonard. Grâce à la fiche de Charles et à la page 22, on sait que l'on cherche une personne qui a une pointure au-dessus du 42. On peut donc aussi éliminer Charles. Enfin, pour déterminer qui est le principal suspect entre Gilbert et John, il faut lire la 3e lettre de menaces, page 13. Il y est écrit : « tu es peut-être le meilleur de ta classe… ». John, qui est le meilleur de la classe, ne dirait jamais que c'est Edward le meilleur, il s'agit donc de Gilbert.

Page 31 :

« Inspecteur Lestrade »

Il s'agit d'une anagramme.

Page 32 :

Le numéro de téléphone est le 14-24-29-19.

Page 33 :

Page 38 :

1. HORAIRES ; 2. HYGROMÉTRIE ; 3. TRACES.

Page 39 :

1. Arthur est forcément mort avant la fermeture du parc.

2. On sait grâce à la déposition d'Edward qu'il faisait chaud ce jour-là. Donc l'herbe ne pouvait pas être mouillée et Arthur n'a pas pu glisser.

3. Si Arthur était vraiment tombé tout seul en arrière, il y aurait des traces sur le sol, non pas de lutte, comme l'a confirmé le médecin légiste mais au moins du pied qui a glissé.

Page 40

« L'une des personnes interrogées a menti dans son témoignage. Est-ce le professeur Wilson ou Gilbert? »

M	E	N	T	I	L	M	C	Y	Z	E	P	B	E	U	V
W	F	Q	Y	D	R	F	J	X	P	P	D	W	I	S	I
C	E	G	A	N	G	I	O	M	E	T	S	H	E	A	S
F	M	B	I	D	Y	H	K	D	E	A	Q	E	S	C	E
V	S	R	G	Z	T	U	K	L	P	M	G	L	S	A	N
E	N	I	I	F	E	Y	A	F	J	O	O	G	V	F	N
U	A	Y	L	R	N	B	T	I	R	L	H	D	O	U	O
S	D	R	B	Y	D	U	R	R	Q	D	C	A	I	M	S
I	O	P	E	A	R	T	E	A	F	W	Y	R	C	H	R
H	N	W	R	V	V	T	U	I	Z	U	I	Z	R	D	E
K	S	C	T	A	N	U	H	J	F	O	Q	L	W	V	P
R	X	P	U	I	F	V	I	R	S	O	G	T	S	D	R
W	B	V	S	R	P	L	U	Y	T	D	H	R	C	O	C
A	S	P	R	O	F	E	S	S	E	U	R	R	J	F	N

Page 41

« Gilbert a emmené Arthur ici, à l'extérieur du parc et juste avant la fermeture du parc pour ne pas croiser de connaissances. Il voulait lui faire peur, mais il s'est énervé et a poussé Arthur, qui est tombé sur la pierre. Gilbert s'est enfui et le gardien a fermé le parc derrière lui. »

Page 42

Il y avait 8 Londoniens et 2 Oxoniens à ce tournoi.

Il faut faire plusieurs essais. S'il y avait un seul Oxonien, cela laisserait 34 égratignures - 5 = 29 pour les Londoniens, mais ce n'est pas un multiple de 3 (nombre d'égratignures des Londoniens). Par contre, si on a deux Oxoniens, on fait l'opération 34 - 10 = 24, qui est bien un multiple de 3 -> 8 × 3 = 24. Il faut ensuite vérifier si cela fonctionne avec les hématomes. (7 × 2 Oxoniens) + (4 × 8 Londoniens) = 14 + 32 = 46.

Page 45

Le chemin le plus long est le F.

Page 46

LONDRES.

Il faut commencer par lire le rébus : « Je suis leur point commun » (jeux-suie-l'heure-poing-

K-eau-main). Les quatre photos représentent des lieux se trouvant à Londres.

Page 47

La chambre de Gilbert est la 095.

On commence par récupérer la deuxième lettre de Londres puis on ne garde que les dizaines et les unités du chiffre obtenu au sommet de la pyramide, soit 95.

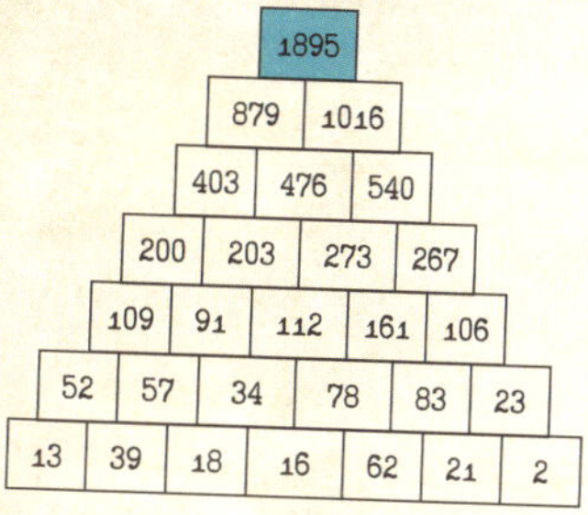

Page 48

Le code est 4-1-2-3.

Il faut d'abord remettre les pièces de domino dans le bon sens sans les changer de place :

puis, grâce à la flèche, on comprend qu'il faut reprendre le chiffre qui se retrouve à droite du domino.

Page 49

Page 50

Il faut ici déterminer logiquement un quatrième mot à l'aide des trois premiers : « fume », « yeux » et « clef ». Un rond vert signifie qu'une lettre est bien placée et un rouge qu'une lettre est mal placée. S'il n'y a que deux ronds, c'est que deux lettres sont présentes dans le mot. Ici la seule possibilité est le mot « luxe ».

Page 51

La clef ouvre un tiroir du bureau.

Pages 52

Page 53

Vous allez dans un manoir (ma-noir).

Page 54

G	T	E	R	A	E	S	G	A	I
I	L	B	T	T	D	B	D	L	S
R	N	G	A	N	I	I	N	D	N
L	T	I	S	D	E	B	A	E	R
E	B	S	R	E	B	R	T	B	S
N	R	O	N	E	A	E	N	D	O
R	D	E	G	I	L	B	O	I	N
N	S	O	A	L	G	S	N	G	D

Page 57

Il faut lire le premier mot de chaque vers pour comprendre la phrase : « J'ai surpris Richard dans sa chambre. Il espionnait la voisine de l'autre côté de la rue. » (jet-sur-pris-rit-char-dansa-champ-brrr-île-est-ce-pion-n'est-la-voisine-deux-l'autre-côté-deux-la-rue).

Page 58

En classant les images par taille, de la plus grande à la plus petite, on obtient le mot « OUVERTURE ».

Page 59

Pour ouvrir la porte il faut tourner les deux plateaux pour que le mélange de couleurs donne du violet (la couleur du plateau central). Il s'agit donc du rouge et du bleu.

Pages 60-61

Grâce au journal de Gilbert page 57, et au portrait de la page 60, on peut supposer que Richard est le frère de Gilbert. Le journal précise que les chambres des garçons ont un mur en commun et le poème révèle que Richard a une vue sur la rue depuis sa chambre. Enfin, le plan de la maison donne encore un indice : Richard est plus jeune que Gilbert, il a logiquement un lit simple tandis que Gilbert a un lit double. La chambre de Gilbert est donc celle-ci :

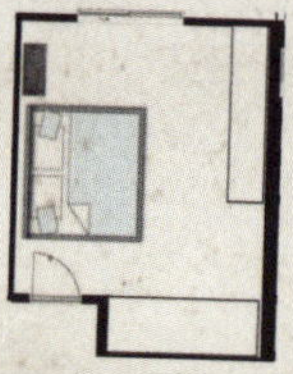

Page 62

En superposant les deux grilles, on cache une partie des lettres, ce qui laisse apparaître la phrase : « Wilson est l'oncle de Gilbert. Il savait que son neveu était seul chez ses parents le soir de la mort d'Arthur. »

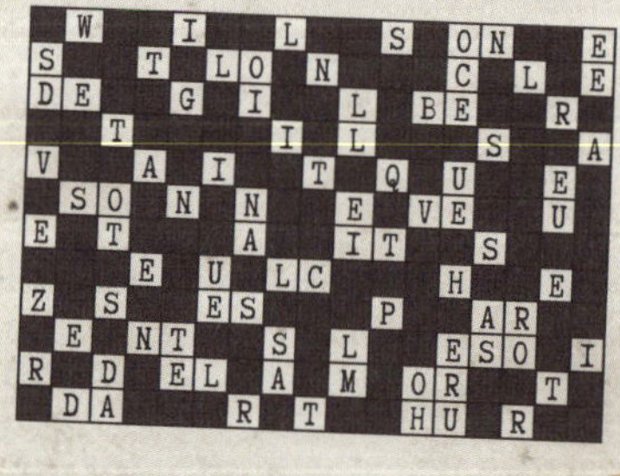

Page 63

Le mot mystère est « SODIUM », ce jeu est une fausse piste, c'est un simple devoir de chimie.

1. SOUFRE ; 2. URANIUM ; 3. POTASSIUM ; 4. FER ; 5. CARBONE ; 6. CALCIUM ; 7. ARGENT ; 8. MERCURE ; 9. PHOSPHORE ; 10. AZOTE ; 11. CUIVRE ; 12. OXYGENE ; 13. HYDROGENE.

Page 64

Pour résourdre cette énigme, il faut comprendre que C signifie "consonne" et V "voyelle". Il n'y a plus qu'à trouver le seul mot de la liste qui correspond : CUISINE.

Pages 65-66

DATE	REPAS	PLAT	NB PERSONNES
jeudi	thé	pudding	2
vendredi	dîner	curry	1
samedi	colla-tion	scones	4
dimanche	déjeuner	rôti	5
lundi	petit déjeuner	haricots	3

Page 67

« Le soir de la mort d'Arthur Shepard était un VENDREDI. Gilbert avait donc prévu de passer le WEEK-END chez ses parents. Il est parti directement après les cours et il a bien DÎNÉ seul ici, comme l'atteste l'agenda du CUISINIER de la famille. Il a donc un ALIBI solide. Il n'aurait jamais eu le temps d'aller au PARC avant le dîner, ou d'y retourner ensuite. Sa DÉPOSITION auprès de la police est donc VRAIE.

Si Gilbert n'a pas vu Arthur VENDREDI soir, c'est donc que le PROFESSEUR WILSON a menti. Comme je vous le disais, il est l'ONCLE de Gilbert. J'imagine qu'il avait un problème avec ARTHUR, mais aussi avec son NEVEU, puisqu'il n'a pas hésité à lui mettre le MEURTRE sur le dos.

Nous devons maintenant vérifier s'il est bien allé à son CONCOURS d'ÉCHECS. Nous changeons de principal suspect ! »

Page 71

Si une seule épingle peut crocheter la serrure, il faut trouver la seule qui soit différente des autres. Il s'agit de la H.

Page 72

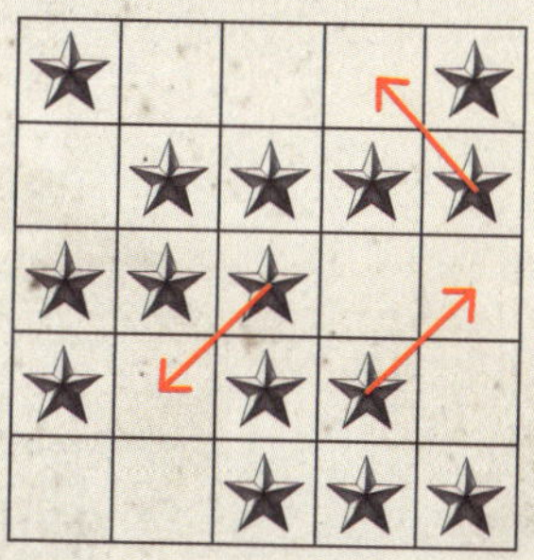

Page 73

115 ÷ 5	18 × 6	120 ÷ 40	22 - 18	931 ÷ 4
212 ÷ 4	671 × 4	918 - 916	146 + 142	128 × 5
77 + 67	360 ÷ 12	512 ÷ 8	131 × 2	900 ÷ 50
285 × 4	341 - 142	614 + 841	156 + 19	176 + 328
693 + 14	156 + 189	12 + 85	881 - 736	528 ÷ 8
63 × 6	168 × 8	16 × 5	617 - 521	315 - 312
521 ÷ 11	22 + 41	463 ÷ 1	312 - 2	79 × 4

Page 74

« Pardon Lestrade, je suis incurable. »

I	L	R	N	U	B	C	E	A
U	N	A	I	E	C	L	B	R
E	B	C	A	L	R	U	N	I
C	A	N	U	I	L	E	R	B
L	U	B	E	R	N	I	A	C
R	E	I	C	B	A	N	U	L
A	R	E	L	N	I	B	C	U
B	I	U	R	C	E	A	L	N
N	C	L	B	A	U	R	I	E

Page 77

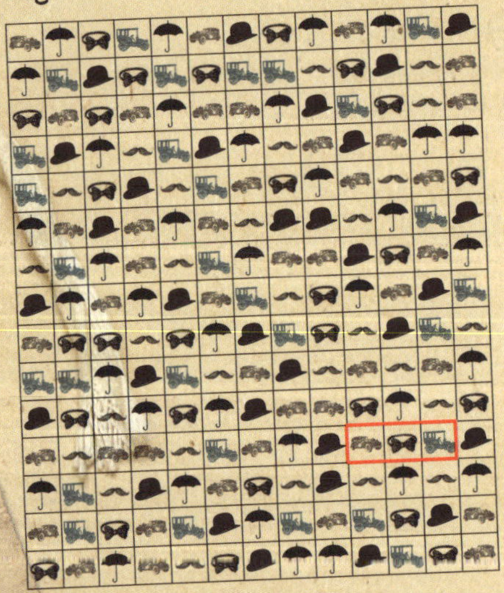

Page 78

0	0	1	1	0	1	0	1
1	0	1	1	0	0	1	0
0	1	0	0	1	1	0	1
1	0	0	1	1	0	0	1
0	1	1	0	0	1	1	0
1	1	0	1	0	1	0	0
0	0	1	0	1	0	1	1
1	1	0	0	1	0	1	0

Page 79

Le morceau correspond à la deuxième lettre des pages 12-13. On comprend ainsi qu'il s'agit d'un indice sur une chambre. Il faut le lire différemment : 0, 7 et 9. La chambre du corbeau est donc la 079.

Page 80

Mr. Wilson avait 15 minutes pour parcourir 4,025 km (2,5 × 1,61 km). 1 h = 4 fois 15 minutes, donc un cheval au trot pourra parcourir 14 ÷ 4 = 3,5 km en 15 minutes. Quant à un cheval au galop, il pourra parcourir 23 ÷ 4 = 5,75 km en 15 minutes. Le professeur Wilson a donc pu arriver à temps s'il est venu à cheval, mais pas en fiacre.

Page 81

« Les professeurs. »

Le dessin représente un cassis, qu'il faut comprendre

ainsi : K6, soit K = 6 donc L = 7, M = 8, etc. Il n'y a plus qu'à changer les chiffres par des lettres pour obtenir « les professeurs ».

Page 82

Il y a deux hypothèses possibles, mais dans les deux cas le professeur McWill est le seul à dire entièrement la vérité. Wilson est donc allé au concours à cheval.

Page 83

« Vous n'êtes pas assez attentif ! Cet homme avait un livre d'histoire dans son cartable. » Il suffit de lire une lettre sur deux.

Page 84

Vous répondez 4.

Il faut compter le nombre de lettres dans chaque chiffre. Seize = 5 lettres, quarante = 8 lettres, un = 2 lettres et donc cent = 4 lettres.

Page 85

Vous arrivez en G8.

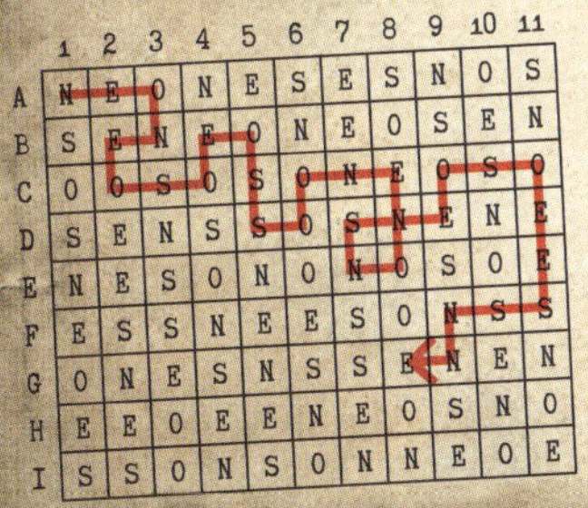

Page 89

Page 90

Il faut jouer les notes dans cet ordre : 6-7-2-3-1-6-1-5-7-4-3. Il faut en effet jouer « L-O-D-E-A-L-A-J-O-I-E » en transformant les lettres par les notes correspondantes, puis par les chiffres indiqués sur le clavier.

Page 91

Il s'agit du code du cadenas. Le nom de Wilson apparaît 17 fois dans la grille, multiplié par 200 = 3 400.

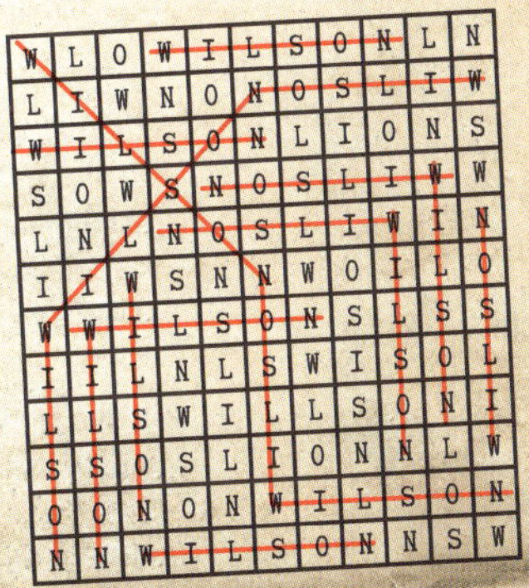

Page 92

Le code est LIVRE.

Pour commencer, il faut finir de compléter la grille avec toutes les lettres de l'alphabet. Ensuite, les chiffres et les couleurs du tableau correspondent au nombre et aux couleurs des livres. Par exemple, la lettre L correspond au croisement de 2 (2 livres) et du marron (couleur des livres).

Page 93

La bonne clé est celle qui porte l'étiquette « crayon », c'est le seul mot qui ne peut pas être précédé de « garde » (garde-fou, garde-robe, garde-chasse, etc.).

Page 94

SORTIE.

Pages 95-96

1. Faux, il y en a au moins 6; 2. un fiacre; 3. M; 4. faux, elle indique qu'il est presque 5 h 45; 5. allumée; 6. vrai; 7. en métal; 8. 6.

Page 100

1 PHILIP et EDWARD

2 JONES et EST

3 CONSEILLÉ et EN

4 LETTRES et DANGER

5 DISPARU et DE

6 CHAMBRE et MORT

7 DESSUS et DÉPÊCHONS

8 DESSOUS et NOUS

9 VENEZ et WATSON

10 SUITE et VITE

Page 101

La chambre n'appartient à personne.

B	I	O	P	S	I	E
A	R	R	E	T	E	R
M	E	U	R	T	R	E
B	L	A	S	O	N	S
T	E	M	O	I	N	S
A	M	E	N	D	E	S
A	N	O	N	Y	M	E
A	G	R	E	S	S	E

Page 102

JEUDI. C'est probablement la date prévue par le corbeau pour agir, et c'est aussi la date du jour !

Page 103

On peut voir une empreinte digitale sur la lettre.

Page 104

Dans le bureau du directeur.

On commence par décaler les lettres de l'alphabet de deux rangs, ce qu'on peut deviner grâce à A + A = D, qui est forcément égal à 3 + 3 = 6. Puis on effectue toutes les opérations. Par exemple : Y (1) + A (3) = B (4).

```
  Y H P A Y A        A B
+ A K Z B Z R      + A Q
  -----------      -----
  B U R E A U        D U

  A G N Z A F D M L
+ A Z B C Z L Y F D
  -----------------
  D I R E C T E U R
```

Page 105

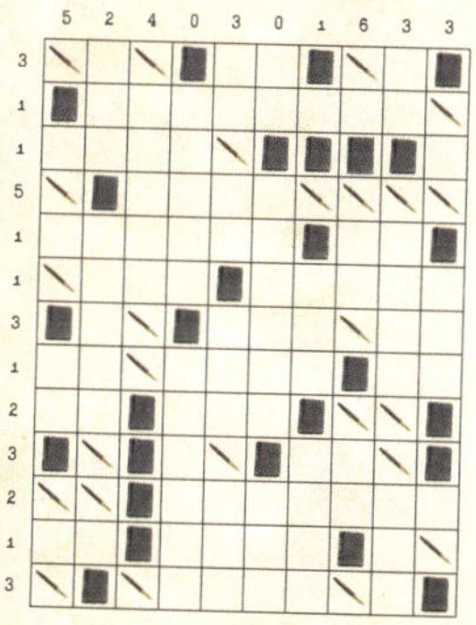

Page 106 Le code est CJLHINE

Page 107

Vous devez chercher dans la section 3-C.

Page 108

Le nouveau suspect est Charles Carpenter.

Page 111

6	3	8	5	7	2	4	9	1
1	5	7	4	8	9	6	2	3
4	9	2	3	6	1	5	8	7
7	6	5	2	3	8	9	1	4
2	4	9	1	5	7	3	6	8
8	1	3	6	9	4	2	7	5
3	7	4	8	2	6	1	5	9
5	8	6	9	1	3	7	4	2
9	2	1	7	4	5	8	3	6

Page 112 Au cimetière

Page 113

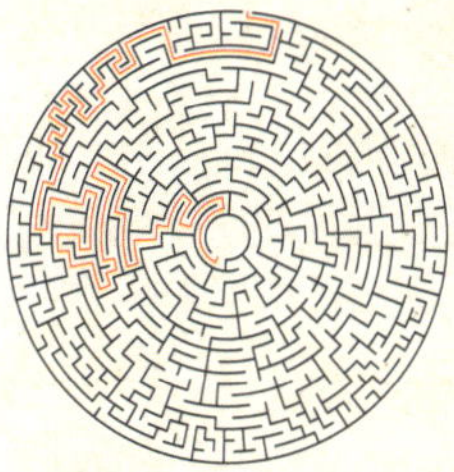

Page 114

En remettant les morceaux dans l'ordre, on peut lire : « TOMBE AU NORD-EST ».

Page 115

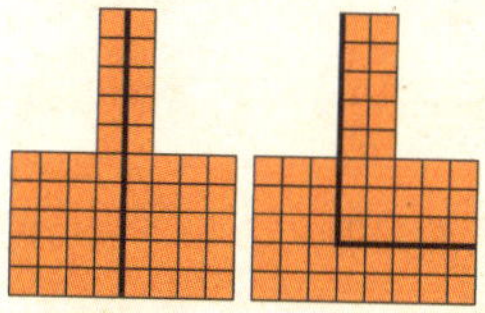

Page 116

Les étudiants.

Crédits illustrations

© Shutterstock.com : Aleksandr Ugorenkov ; Alexey Fedorenko ; Alexstar ; Aliaksei Hintau ; Andrey Kuzmin ; Anton_Ivanov ; apimook ; Art_man ; artemiya ; artmim ; asiastock ; AVN Photo Lab ; Brad Pict ; by-studio ; Cathy Pons ; chege ; clothingart ; Daboost ; dcw25 ; DedMityay ; Diverser ; dohee ; Ekaterina ; ElenaPM ; enchanted_fairy ; eshana_blue ; Fiore ; FlasI00 ;Floydine ; fontgraf ; GagliardiPhotography ; goir ; HABRDA ; Ihor ; jamesjoong ; Jitka Svetnickova ; jjfarq ; jolygon ; juriskraulis ; khuruzero ; Kiselev Andrey Valerevich ; komokvm ; koya979 ; Krasovski Dmitri ; KTI990 ; LeitnerR ; LiliGraphie ; Maria.Epine ; Michael Steden ; michaeljung ; missisya ; missizio0I ; neftali ; New Africa ; Nikolay Antonov ; Nikon'as ; Nomad_Soul ; nosyrevy ; OSTILL is Franck Camhi ; paffy ; Page Light Studios ; patila ; Pawel ; Photobank ; Picsfive ; pressmaster ; pukach ; Ralko ; Rawpixel.com ; Ruslan ; samotan ; Serg ; siloto ; siraanamwong ; stockyimages ; stokkete ; Susan Law Cain ; Timurpix ; UvGroup ; Vitaly Korovin ; watman ; William ; wooster ; Yuli.

Imprimé en Espagne chez Graficas Estella
Dépôt légal : septembre 2020 - 326737/01
N° de projet : 11045115 - septembre 2020

PAPIER À BASE DE FIBRES CERTIFIÉES

LAROUSSE s'engage pour l'environnement en réduisant l'empreinte carbone de ses livres. Celle de cet exemplaire est de : 2,5 kg éq. CO_2
Rendez-vous sur www.larousse-durable.fr